N'Orbi Adiós

Elvárásaink

novum pro

© 2022 novum publishing

ISBN 978-3-99131-458-5
Lektor: Sósné Karácsonyi Mária
Borítóképek: N'Orbi Adiós,
Adun Suemue | Dreamstime.com,
Dodomo
Borító, tördelés & nyomda:
novum publishing

www.novumpublishing.hu

TARTALOMJEGYZÉK

AJÁNLÁS

Mindazoknak, akik megbíztak bennem, és kézen fogva – a gyermek naivitásával – indultak el azon a *belső* úton, amin épp úgy találkozhattak a tüzet okádó sárkányokkal, mint a jóravaló tündérekkel. Töretlenül barangoltak, néha újra meg újra bejárva ugyanazt az utat, ami épp nem visz sehova. Én meg igyekeztem bevilágítani minden sarokba, és ha megrettentek egy szörny láttán, kicsit erősebben szorítottam meg a kezüket. Azután egyszer csak szembetalálkoztak régi önmagukkal, átölelték egymást, szerették – sőt, szeretkeztek egymással –, és a frigyükből létrejött egy *újember.*

a Szerző

Hiába vagyunk tisztába a pontos úti célunkkal, ha képtelenek vagyunk egyetlenegy lépést is tenni felé. Hiába áll rendelkezésünkre a világ legpontosabb térképe, ha azt sem tudjuk, hogy hol vagyunk éppen. Ilyenkor jön jól egy kis külső segítség, mint például ez a könyv.

A Szerző történetein keresztül betekintést nyerhetünk egy psziho-grafológus egyedi módszerébe. Megismerhetjük, hogyan vezeti, tereli, lökdösi – nagy türelemmel és szeretettel – az őt felkereső embereket. Megtudhatjuk, hogyan bátorítja őket abban, hogy elinduljanak a változás rögös, de sokat ígérő útján.

Azért szeretem N' Orbi Adiós könyvét, mert segít felismerni és megszeretni azt az embert, akik vagyunk, akik lehetünk.

Neszlár Sándor
író

Van, aki Rorsach-tesztből – más meg zaccból – von le az emberi lélekkel/fantáziával kapcsolatos következtetéseket. Van diplomás és van nem diplomás /madár/jós, lélekbúvár –, ők mind arra valók, hogy jobban megismerhessük magunkat.

A szerző szabadidős-pszichografológus. Mások írásait magyarázza. Most, átmeneti időre – egy könyv erejéig – átengedte a kezdeményezést nekünk, olvasóknak.

Fiala János
riporter

KÖSZÖNET

A listám nagyon hosszú lenne, de biztos, hogy a szüleimmel, családommal, gyerekeimmel és barátaimmal kezdődne, vagyis azokkal, akiknek a szeretete, biztatása nélkül ezek a sorok nem rendeződtek volna soha egységbe. Folytatódna klienseimmel, munkatársaimmal, segítőmmel Veres Gyulával, az angyalokat gyógyító Suga Péterrel, kiváló írók, költők, értékes gondolatok szerzőinek nevével, akiknek elmém pallérozottságát, saját gondolataim tisztaságát is köszönhetem. Közülük most csak azok neve álljon itt, akiknek szellemisége e könyv egyes részeit is áthatja: Mészöly Miklós, Feldmár András, Ronald David Laing, dr. Farkas András, dr. Lenkei Gábor, dr. Ulrich Strunz, Csíkszentmihályi Mihály.

ELŐSZÓ

– Rajzolnál egy kört?

– Mekkorát?

– Amekkorát szeretnél.

(Rajzol egy 15 centi átmérőjű, kicsit horpadt kört.)

– Szerinted más mit láthat a körödben?

– Labdát?

– Lehet. És még?

– Dinnyét, almát, lufit, golyót, bolygót, a Földet…

– Föld? Ez tetszik. Belerajzolnád EURÓPÁT?

– Ezt csak a többi kontinenssel együtt tudom.

– Nosza!

(Felismerhető kontinenseket rajzol, viszonylag arányosan.)

– Belekarcolnád Magyarországot is?

– Nem nagy cucc, erre bárki képes.

– Oké, akkor hadd lássam.

(Megjelenik Magyarország körvonala a papíron.)

– Akkor most jöhet Budapest!

– Az már csak egy kis karika lesz.

– Mondd már! Attól még tudjuk, hogy az ott Budapest.

– Ha te mondod!

– Ez eddig jó. Most rajzold be, légy szíves, a házatokat! Hányadik kerület is? Tizenkettedik?

– Te viccelsz?!

– Nem.

– Az már csak egy pont lesz.

– Rendben.

(Helyére kerül a PONT is.)

– Készen vagyunk?

– Biztos nem, ha így kérdezed.

– Nem hiányzik *semmi* a képről?

– Nem tudom, hova akarsz kilyukadni.

– Te *hol* vagy?

– Én nem vagyok sehol.

– Azt mondod?

– Nem értem, mit akarsz! Te is látod, hogy nem férek rá a képre… Nagyobb Földet kellett volna rajzolnom.

– De a Földünk csak ekkora, sajna.

– Akkor most mit vársz tőlem?

– Hogy *lásd magad*!

– Én? Én… látom magam.

– Ez olyan határozottnak tűnt. És más?

– Ha akar, bárki megláthat.

– Biztos? … Mekkora vagy te?

– Százhatvannyolc.

– Szerinted. És más szerint?

– ???

– Nézz a rajzodra! Mekkorának látszol?

– Ott nem látszom.

– Ühüm.

Mennyi esélye van arra a Kedves Olvasónak, hogy lássa önmagát, és mennyi esélye van arra, hogy más lássa önt? Közös életünk nagy társasjátéka ez.

Látni és láttatva lenni.

Lehet-e valaki az *itt és most*ban úgy, hogy senki nem számol vele, talán még saját maga sem?

Lehet-e feszültségek nélkül élni úgy, hogy nem vesznek tudomást az *emberről*, hogy nem tudni, miért történnek meg velünk dolgok, amelyekből mi kimaradunk?

Olyannyira akarjuk, hogy ne így legyen, hogy mással már nem is tudunk foglalkozni, csak *magunkkal*. Sem időnk, sem energiánk, de legfőképpen szemünk nincs rá, hogy észrevegyük, ebben a társasjátékban csak vesztesek lehetünk, ha a másikat nem látjuk meg vagy nem ismerjük fel. Ha csak az elvárásainkat fogalmazzuk meg, és azok beteljesülésétől reméljük szépnek azt az életet, amit helyettünk a párhuzamos világban mások élnek.

Valami mindig hiányzik.

De mi?

Kedves Olvasó, amit Ön most a kezében tart – műfaját tekintve –, a tényirodalom és a *tudományos ponyva* körébe tartozik.

Csak ebben a formában engedhettem meg magamnak, hogy néha szájbarágósan, néha leegyszerűsítve – de kerülve a szakzsargont – adjak közre történeteket.

Ezek szíves tudomásulvételével ígérhetek kellemes időtöltést, jó szórakozást, és – reményeim szerint iszapmentes *gondolatokat*.

a Szerző
Budapest 2021.12.20.

A MUNKÁRÓL

Ha bemutatkozom, két fontos dilemma foglalkoztatja az embereket. A *pszicho-grafológus* pszichológus végzettségű? Netán orvos, vagy csak „egyszerű" grafológus? Mit jelent ez az összevont fogalom?

Amikor beszélek a munkamódszeremről, gyakran inkább elhallgatom, hogy kineziológusként megszerzett tapasztalataimat is felhasználom. Ez még jobban bonyolítaná a helyzetet.

Nem szeretek a találkozás előtt semmilyen információt kapni, így kerülöm a személyes találkozást is. A kapott írásmintával először ismerkedem, majd szakmailag alapos elemzésnek vetem alá. Ekkor csak az érdekel, hogy mi az, amiben eltér a „normálistól" a duktor. (A sztenderd íráshoz való rögzültség is eltérést jelent.) Ezután „pihenni" hagyom – tulajdonképpen ezalatt kel „életre" – addig, míg nem látom magam előtt az egész napját, onnantól kezdve, hogy felkel, és majd valamikor lefekszik. Tudnom kell, hogy az eseményekre hogyan reagál, mit gondol, mi az, amit ki is mer mondani, és mi az, amiről hallgat, s annak mi az oka. Így a következő lépés – természetesen az írás sajátosságait, torzulásokat figyelembe véve – megállapítani, milyen életkorokhoz köthetők azok a változások, amelyek gátakat, elakadásokat okoznak a jelenben. Nem vagyok látnok és nem is törekszem ilyesféle készségre, ezért amit ilyenkor „megállapítok", azt többszörös következtetés után teszem. Magunk között bevallhatom, ez közel van a *spekulációhoz*. Azért nincs jelentősége, mert ezek még a jegyzeteimben sem kapnak helyet, viszont később, mikor megkezdjük a foglalkozásokat, a beszélgetés során lehet olyan kérdésem, amik beigazolhatják előfeltételezéseimet. Szóval, elsősorban a beszélgetésvezetésben lehet óriási jelentősége.

Aztán találkozunk.

Ismertetem a játékszabályokat. Én mindig igazat mondok, ha vele kapcsolatos kérdésekre kell válaszolnom, vagy nem válaszolok. Tőle ugyanezt várom el: ha olyan területre jutunk, amit már nem szívesen jár be velem, akkor inkább jelezzen, hogy neki ennyi, mint hogy őszintétlen viselkedéssel megvezet. (Mellesleg jegyzem meg: ha valaki képtelen a felelősséget a legkisebb mértékben felvállalni tetteiért, az észre sem veszi, hogyha őszintétlen a viselkedése.) A megállapodást fontosnak tartom, mert a fejlődésének fontos határköve lehet a tudatos, kontrollált viselkedés. Amikor erre a lépcsőfokra is sikerül fellépnünk, már magától mondja, hogy az elején mikor nem mondott igazat. De ehhez óriásikat kell lépnünk; elsősorban fel kell ismernie magát, hogy ki is ő tulajdonképpen. Szerintem sokan meglepődnének azok közül is, akik úgy érzik, ismerik magukat, és tudják, merre tartanak, hogy milyen kevéssé ismerik azt a „személyt", akivel együtt élnek. A közös célunk, hogy ne csak felismerjék, hanem egy olyan szimbiózist alakítsanak ki „egymással", ahol az egymásközti feszültség feloldódik, az *önelfogadás* minden szinten megtörténik.

A skizofrénia csak akkor ártalmas, ha az „együttélés" problémás.

Erősen nehezíti a dolgot, hogy szinte minden egyes esetben akkor találkozunk, amikor sokszoros kísérletet tesznek személyes kapcsolataik sikeréért, és sokszoros kudarcot vallanak (vagy így élik meg, ami tulajdonképpen hatásában ugyanezt jelenti). Azt a korlátot, amit évek nehéz munkájával felépítettek maguk körül (hogy védjék azt az ismeretlent, aki életben tartja őket), most pillanatok alatt akarják lebontani, miközben kapaszkodnak egy személybe, ragaszkodnak egy látszólag biztonságos helyzethez. Vagyis becsapják önmagukat. Miért várnám, hogy őszinték legyenek velem?

Másik fontos játékszabály: mindketten bármikor mondhatjuk, hogy *vége*. Akár indoklás nélkül, de én minden esetben kötelezőnek tartom magam részéről megfogalmazni az okot. A bemutatkozás során mindig azt javaslom, hogy az intenzív szakasz (három-négy találkozás) után döntsünk a folytatásról. Hitem szerint ekkor már kell olyan változásnak történnie, amit ő is észlelhet, tehát döntésképes. Ha valami oknál fogva nem találunk egymásra, az első találkozáskor kiderül, ilyenkor (az írás alapján bőséges információ birtokában) javaslok egy másik gyógyítót.

A legtöbb neurózis alapja: a *dependencia*. Erős függőség személyhez, vagy helyzethez. Saját működésének tanulása közben akkor dolgozunk jól, ha megtörténik a leválás, de ennek gyakori oka – és természetes következménye –, hogy a terapeuta személye lesz, akire – vélhetőleg rövid ideig – átteszi ezt a függő viszonyt. Amikor megérti, hogy a gyógyulást nem a terapeutának kell tulajdonítania, hanem saját magának, pszichés energiái koncentrálásának, akkor a leválás természetes úton megtörténik. Van azonban olyan is, amikor a „gyógyulásnak" olyan szakaszába lépett, ahonnan segítség nélkül *kell* tovább haladnia, mégis produkál érdekes tüneteket, hogy újabb és újabb találkozásokat „erőszakoljon" ki. Jó kis játék, és jó kis fejtörés megtalálni azt a határt, ahol a kapcsolatunk megléte vagy hiánya nem okoz visszaesést.

Az elakadás oka vagy következménye lehet a diszharmonikus fizikai állapot, ezért – másrészt, ha a betegségjegyek az írásban is megjelennek – egy általános állapotfelmérésre kérem meg. Teszem ezt függetlenül a meglévő leleteitől és azok minőségétől.

Miden kapcsolat alapja: a *bizalom*.

Nekem szerencsém van, mert az írás analizálása olyan tudást enged meg, amely talán a legközvetlenebb kapcsolatának vagy partnerének sem adatik meg. Ezért is van, hogy szinte önkéntelenül tegezem le, vagy ajánlom fel mindjárt az elején, mert tudom, hogy a magázást később többször úgyis bebuknám, és lehet, hogy abban a helyzetben már nagyon zavaró lenne. A kérdéseim először érdeklődők, később előfordul, hogy provokatívak. Ennek elsősorban az az oka, hogy alapból a *pszichagógia* (önfelismertetés) módszerét alkalmazom. Ezért neki kell kimondania olyat is, amivel eddig nem mert szembenézni. A többi – nyugati – diagnosztizáló, feltáró-gyógyító eljárásokkal szemben én olyan célirányos kérdéseket tudok feltenni, amelyekből egyértelműen kiderül már a kapcsolatunk elején, hogy sokat (mindent!) tudok róla. A bizalom fontos kelléke, hogy azt higgyük, nincs miért titkolóznunk a másik előtt – tessék, itt állok pőrén, a tiéd vagyok.

Azt is tudnia kell, hogy nem ítélkezem.

Ennek két oka van. Egyfelől a múltbéli dolgok már megtörténtek, azokat megváltoztatni nem lehet. Megbánást mutatni és meggyónnia a legnagyobb Mester felé kell. Részemről ezt időpazarlásnak tartom, ezzel az érzésével nem kívánok foglalkozni. Másrészt nagyon ügyelek rá, hogy semmilyen érzelem ne befolyásoljon, mert ő gyógyulni jött hozzám, ahhoz pedig az együttérzésem kevés és félrevezető. Nagyon bizalmas a kapcsolatunk, de nem lehet baráti – ha mégis azzá válna, akkor utána én már nem segíthetem. Ezt minden olyan esetben el is mondom, ahol azt érzem, hogy személyem nagyobb érdeklődést vált ki, mint azt a terapeuta-szerep megengedné.

A grafológia – talán a művelői okán is – megmaradt azon a szolgáltatási szinten, ahol elkészítjük a szakvéleményt, és ezt prezentáljuk. Régóta gondolom, hogy nem a súlyának megfelelően működtetjük, ennél sokkal többre képes, mint hogy ilyen udvarias, távolságtartó módon szerénykedjen. Ha én valakinek azt mondom (vagy írom), hogy „kihívásokkal küszködik ösztönéletének rendszerezésében", ennek mi értelme? A grafológiai etikai kódex (mert ilyen is van) erre – nagyon helyesen – pontos útmutatásokat ad: mit és hogyan közölhetünk. Vagyis be kell „burkolni" egy aranyos cukorkáspapírba. Ez normális. A megrendelő elolvassa, megpróbálja értelmezni (remélhetőleg nem félreértve), majd dönt, hogy ez igaz vagy sem.

És ha elfogadja az *ítéletet*, mi fog történni? Ha tudja is, miként változtasson rajta, meg fogja tenni? Eddig miért nem tette? Kellett hozzá az aranytollú grafológus? Nehezen hihető. Az összes igazság, amit leírhatunk, semmit nem ér, ha nem ő maga jön rá. És ha maga jön rá, még semmi nem történt, mert a következő nagy kérdés: „de miért van így, mi okozza"? A változtatás érdekében szükséges ez a tisztánlátás, különben úgy jár, mint az, aki puffadásra szed évek óta gyógyszert, ahelyett, hogy alapos májméregtelenítést végezne.

Elveszik az inspiráció, nincs logikai kapcsolat a felismert probléma és aközött, hogy mit kell másképpen csinálni.

A *másikról* való tudást nem tékozolhatjuk el holmi társasjátékra!

Másfél órában állapodunk meg, de saját időbeosztásomban két órát hagyok. Egyrészt azért, hogy ne kényszerüljek a mondat közben felállítani és elbúcsúzni tőle, másrészt nem jegyzetelhetek, mert akkor nem rá figyelek, ezért a végén pótolom be, és gondolom végig azt is, hogy a következő találkozásunk miről fog szólni. (Azért szeretem így csinálni, mert így a tudatalattimat is be tudom vonni a felkészülésbe: „betáplálás" után remek ötletekkel segít, néha szó szerint megálmodok előre helyzeteket.)

Minden foglalkozás után házi feladatot adok, ezek egy része a *grafoterápia* körébe tartozik, illetve szívesen adok *mérlegeltető* feladatokat. Itt következik egy másik indok, amitől idejekorán befejeződik az együttműködésünk: ha nem csinálja meg a feladatokat. Vannak, amelyeket csak előre jelzek, hogy gondolkodjon rajta, előbb-utóbb majd ezt is el kell végezni, de amelyiknél azt kérem, hogy a következő alkalomra készüljön el, azt szerencsés megcsinálni. Azt gondolom, hogy a sokszor káros gyógyszerek helyett egy sokkal humánusabb gyógymódot nem alkalmazni – vagy elfelejteni „beszedni" – az illető érdektelenségét, nemtörődömségét mutatja, vagyis nem komoly a gyógyulási szándéka. Ez az ő magánbejáratú problémája, ezen nem tudok és nem is akarok segíteni. Megjegyzem, soha nincs bennem semmilyen indulat, egyszerűen csak tudomásul veszem, hogy ez a „döntése".

Mindig megkérdezem, hogyan érezte magát (teával szoktam kínálni, füstölőt és gyertyát gyújtok), mondtam-e valami olyat, ami sérti, vagy nagyon nem ért vele egyet. A válaszok nagyon fontosak, nem csak udvariasságból érdeklődöm. Időpontjavaslatom csak akkor van, ha megkérdezi, hogy szerintem mikor kellene újra jönnie. Mindenki érzi, hogy milyen fontos az, amit csinálunk, tehát a foglalkozások idejét is meg tudja szervezni.

Időnként fontosnak tartom, hogy csoportos tréninget tartsak. Természetesen nem kötelező, de az új tanulás miatti hatékonysága felér négy-öt találkozóval, ezért ajánlott.

A három-négy találkozós *intenzív szakasz* után jön a ritkább, kb. kétheti rendszerességű *rögzítési szakasz.*

Ekkor fog tudatosulni benne, hogy mit kellene másképpen csinálni, sőt próbálgatja szárnyait. Itt akkor nyerünk csatát, ha sikeresen elvégzett kisebb feladatok hatására kellő önbizalmat sikerült szereznie, ha felismerte a benne élő „személyt", már egy kicsit kezdi is megszeretni, és azt akarja, hogy jó legyen neki. Jellemzően többet tartózkodik a jelenben, és elhiszi, hogy lehet jövője. Egyre kevesebbet akar ártani magának (a neurotikus hajlamúak gyakran hívják így fel magukra a figyelmet). A teljességhez hozzátartozik: ha azt mondja, szereti magát, esze ágában sincs ártani, sőt kényezteti, jutalmazza magát, ez sem jelent feltétlen egészséges lelki működést, mert lehet, hogy a túlzott mértékű önféltés ugyanúgy tudattalan önagresszió.

El tudod képzelni, micsoda *erő* szükséges hogy idáig eljusson? Hogy ez a fenti pár sorban megfogalmazott változás egyes embernek azt jelenti, hogy visszakapta az *életét?*

Természetesen itt még sok a bizonytalanság.

Az új tanulása során jó pár akadályt le kell küzdeni. A bizonyosság, hogy jófelé halad, addig erős, míg magában van. Mikor kilép a többiek elé, akkor jön az igazi kihívás.

Klienseimmel találkozva gyakran kívánom, hogy legyen hitük és energiájuk *másnak* lenni, keresni azt a kosztümöt, amelyik a leginkább illik ahhoz a személyhez, aki éppen most nő fel bennük.

A foglalkozásainkon gyakran alkalmazok más terápiákból átvett módszereket. Fotelem alkalmas – kissé megdöntött állapotában – arra, hogy a benne üllő kellemes félhomályban elrévedezzen a múlt dolgain, és ha kezébe vesz egy szálat, segítem kérdéseimmel végiggombolyítani azt. Nincs módosult tudatállapot, csak relax. Képeket vetítek elé, melyeket egyre inkább felcserél az övéire – sok gyerekkori félelem ekkor talál gazdára.

Minden emberben van veleszületett alkotókészség. Hogy gyermekkorában mennyire sikerült kibontakoztatni, egyáltalán felszínre tudott-e törni, az a környezet motivációs erejétől kulturális szintjétől, érzékenységétől függ. Megfigyeléseim mindig kitérnek a művészi hajlamára: egyedi vagy reproduktív, esetleg ráépülő? Milyen (gyerekkori) félelmek korlátozzák önkifejezésszintjét?

A feladat azzal indul, hogy megkérem, a közvetlen környezetében élő (nem biztos, hogy számára fontos) embereknek adjon egy színt. Nyugodt helyen, kvázi imaginációs állapotban álmodja meg, hogy például a párja milyen „színű". Aztán kiterjesztjük még néhány emberre. Majd arra kérem, hogy ezekkel a színekkel „alkosson" egy nonfiguratív festményt. Olyan eszközöket használ, amilyeneket szeretne. Ezt is meg kell álmodni, ezért nem lehet siettetni. A mű elkészülte után még sokat fogunk beszélgetni róla; általában a szabad asszociációs módszert használom.

Az alkotások pedig művészi szempontból is nagyon értékesek, akár tárlaton is megállnák a helyüket. Ez új utat nyithat meg számára, új energiákat, új inspirációkat „okozhatnak". Ezáltal ismét a jelenbe kerül, miközben tudattalanul a múlt árnyait festi ki magából.

A test, lélek, szellem „szentháromságából" gyakran a test kap a legkevesebb figyelmet. Értem ez alatt a napi higiéniát, táplálkozást, karbantartást.

Ha egy szabályos kör alakú zsinórt egyenlő távolságban felvett három pontján azonos erővel egyszerre meghúzunk, kapunk egy egyenlő oldalú háromszöget. A csúcsokra ráírhatjuk: test (fizikum), lélek (kémia), szellem (psziché). Ez elvileg megfelel a születéskori helyzetnek – többnyire. A fejlődés során az a szerencsés, ha a háromszög csúcsai azonos erővel húzódnak kifelé, vagy a flowba kerülés okán rövid ideig és csak egy kicsit „nyúlik" meg valamelyik irányba. Ha mégis valami játékos kedvű erő tartósan kihúzná a zsinórunkat az egyik sarok felé, a másik két sarok közelebb kerülne egymáshoz, de ez az aránytalanság azt is jelenti, hogy ezeken a területeken előbb-utóbb probléma lesz.

A fejlett társadalomban élők – elsősorban a tengernyi szellemi ingernek köszönhetően – nem veszik észre, hogy egyes területük mennyire elsatnyul. Amikor az aránytalanság miatt különböző nehézségekkel kell szembenézniük, a megoldást nem magukban, hanem valami külső, transzcendentális erő „behívásában" látják. Miután mindenki hisz valamiben, a környezettől, kulturáltságától, a tradícióktól – nem kis mértékben a szerencsétől – függ, hogy klasszikus vallási forma, esetleg szélsőséges, fanatikus, vagy valamilyen misztikus földönkívüli hatalom fogja irányítani. Ekkor a háromszög csúcsa ebben az irányban fog kihegyesedni. De ez a tanulási folyamat hosszúra nyúlik: a test nehezen viseli a hosszan tartó elhanyagolást, és megjelennek a fizikai jelek. Ezekre először – transzcendens energiák segítségével – tudatos öngyógyítás kezdődik, majd – miután ez nem ígér gyors megoldást – orvoshoz fordul, és itt megkezdődik a kezelés. De a test továbbra is – sőt a „betegség" okán még inkább – fulladozik a túlzott koleszterin bevitele, a környezeti mérgek, a mozgásszegény életmód miatt. Ilyenkor már egyre nehezebb a háromszögnek ezt a csúcsát is meghúzni. Egyedül sokszor esélytelen az ember. Ha mégis történik valamilyen próbálkozás, a test elkezd lázadozni (elég arra gondolni, ha egy nap kimarad a mindennapi jól megérdemelt kávéadag), olyan hisztit csap le, aminek engedni kell. Türelemmel, újra tanítva simán meg tudna lenni kávé nélkül. Tudom, nem ártalmas, de mégis csak egy stimuláns, ami akkor lesz ártalmas, ha hozzászoktatjuk a szervezetet, és már csak így képes „megfelelően" működni. És ez csak a kávé volt. Vajon hogyan reagál egy tisztítókúrára vagy rendszeres testmozgásra?

Hát ne tudd meg! Illetve mit is beszélek… tudd meg!

Ezért *kényszerültem* kidolgozni a futásterápiát, és ezért választottam módszerként a *személyi trénerséget.* Az a tapasztalatom, hogy ilyen mérvű változás eléréséhez nagyon szoros együttműködés szükséges. Ezt egészen addig kell fent tartani, míg a saját teste nem kezd el együttműködővé válni, illetve a felszabadított hormonok (mint egészséges stimulánsok) nem kényszerítik arra, hogy nap mint nap bekapjanak egy kis aminosav-koktélt, amitől részeg bódulatban képes lesz hajnalban, hidegben, forróságban, teljesen abnormális módon „kínozni" magát.

A futásterápia az egyik legnagyobb találmány: rengeteg érzelmi, szellemi, fiziológiai problémára tud megoldást, de én egyedülálló terápiaként nem alkalmazom.

A munkamódszer nem lehet egyedülálló védjegy, nincs két ember, akinél ugyanolyan módon és ugyanazt alkalmaznám. A világon nincs olyan, amit valaki már ne csinált volna – akár tudattalanul is –, ezért nem lehet ezeket kisajátítani sem a tudománynak, sem az ezotériának. Csak a hippokratészi törvényt tudom magamra nézve elfogadni: nem ártani. A módszer önmagában nem lehet hatékony, csak akkor, ha én alkalmazom, mert az én energiáim keverednek az övével, kölcsönhatásba kerülünk, akarva-akaratlanul. A siker közös erőfeszítés eredménye lesz.

Nekem a tudomány dölyfe mutatkozik meg azokban a terápiákban, ahol a terapeuta maximálisan arra törekszik, hogy minél semlegesebb maradjon. Mint ahogy nem tudok elképzelni olyan bábaasszonyt sem, aki a vajúdó kismama mellett állva hűvösen figyeli, hogy milyen változásokat él meg. Aki bábaasszonyt keres meg, annak segítségre van szüksége. Konkrét segítségre. Aki lélekbúvárt, annak is.

A „beszéljen a gyerekkoráról, és majd én jegyzetelek" nem az.

Időnként előfordul, hogy olyan érkezik hozzám, aki felkészült a „bajából". Jellemzően több diplomás, magas képzettségű emberekről van szó, akik tanulmányaik során pszichológiát, szociológiát, vagy egyéb társtudományt tanultak. Ennél fogva bizonyos határon túl nem hajlandók követni, vagy némely dolgokkal szemben fenntartással vannak. Talán a módszerrel szemben is szkeptikusak. Nem értik, hogy mi bajuk lehet, amit már a hatodik orvos sem tud meggyógyítani. Közben eszükbe sem jut, hogy eddig még egyszer sem követték egyik terápiát sem, csak ott voltak. Nem volt türelmük, vagy kitartásuk, és hitük. Ezek egyikét sem tudja pótolni a terapeuta, illetve nem pótolhatja.

Ezért minden terápia legfontosabb kérdése, hogy mennyire hiteles a terapeuta személye. Amennyire lehet, elkerülöm a szakzsargont, és nem bonyolódom bele olyasmibe, amihez nem értek. Mindig a megoldásra koncentráltatom. Nem szeretek túl hosszú időt azzal tölteni, hogy mi mennyire nem működik. Az önsajnálat ellene van a változásoknak!

De a legfontosabb, hogy érezze azt a *tiszteletet,* amit a változtatási szándéka iránt tanúsítok.

És talán ennél is fontosabb, hogy *szeressem* úgy, mint az erdőt, a vizeket, az eget, a földet, mindent, ami része az egésznek (a világnak), illetve akik apró részleteiben ezeket a részecskéket magukban hordozzák.

A csodát, amit EMBERNEK hívnak.

KLÁRA

Klára, mikor megkértem, hogy jellemezze az együttműködésünket, a következőt mondta: „Élő inspiráció az *igazi* változásra".

Ha egy élő, de gondolkodni képtelen szervezet növekedik, anyagcseréje van, helyzetet változtat, annál inspirációról beszélni még felesleges, de a változás tanulási folyamatot eredményez, a tanulás pedig így vagy úgy, de stresszel jár, ami az egyszerűbb szervezetek idegrendszeri felépítésétől függően meghatározhatja sorsukat.

A gondolkodásra képes egyedeknél az ellentmondást – értem ez alatt, hogy szándéka szerint változtatni vagy változni akar – a körülmények döntően növelhetik.

Így tehát a döntés önmagában nem elég, **mind a környezet, mind pedig a múltbéli, hozott vagy átélt tapasztalat, a fantázia ereje, a pszichés energiák nagysága, és nem utolsósorban a kockázatvállalási készség határozza meg.**

Klára szülei ötéves korában elváltak, de az apja lazasága, sármja, arisztokratikus viselkedése (állítólag balkézről grófi leszármazott) mint férfimodell, meghatározóvá vált szexuális fejlődésében és későbbi partnerkapcsolataiban.

Ezért ő az anyjával és nagyanyjával élt együtt, időnként nagyon nehéz körülmények között.

Sokszor volt olyan gondolata, hogy „ha ilyenek a nők, akkor ő nem akar nő lenni". Ehhez még hozzátett anyjának időnkénti hiszteroid nőiessége: megfogalmazása szerint „hol frigid, hol kurva módjára viselkedett". Sőt – miután egy ágyban aludtak – olyan esetre is emlékezett, amikor az anyja önkielégítés után azzal a kézzel simogatta, amivel „azt" csinálta. Az anya és nagymama közösen elhibázott életüket (nagymama is korán elvált) megtorolva gyakran verték, illetve jó esetben tudomást sem vettek arról, hogy ő él.

Így aztán evidens, hogy párkapcsolatban – részben vezekelve a szülők bűne miatt, részben a „bántás" rögzülése miatt – talált magának egy apát, aki vele szemben kiélheti apai „ösztöneit", illetve Klára helyettesítheti az anyját. Ez az ember a meleget, a biztonságot nyújtja számára, tehát férj és apa. És hogy a szenvedés érzése is megmaradjon, rossznak kell lennie, hogy férje, Endre állandó „izélgetése" ne legyen alaptalan. Miután egy „apával" nem lehet normális szexuális életet élni, ezért szert kellett tenni egy olyan férfira, aki laza és épp elég romlott ahhoz, hogy ne érezzen lelkiismeret-furdalást mellette, akivel együttlétük kizárólag csak a szexre koncentrálódik. De még ez sem az igazi, mert Klára Tiborban a jövendőbeli váltás lehetőségét látja, viszont ötéves kisfiuk, Barnabás, ragaszkodik Endréhez, Endre Klárához, Klára Tiborhoz, aki legalább egy vagy két nővel alakított ki rajta kívül hasonló kapcsolatot.

Szóval, egy ókori görög dráma bonyolultságú helyzetet sikerült létrehozniuk.

És ha mindenki saját szerepét akarja beteljesíteni, hasonló véget is érhet.

Klára – miután segítő hivatást választott magának – eljutott abba az állapotba, amikor az embert a kötelességtudata tartja életben, amikor a tudattalan halál vágyával azt akarja bizonyítani: *rossz vagyok, és ugye megmondtam, az életemnek semmi értelme.*

Ekkor találkoztunk mi.

R. D. Laing szerint: „Ha azt akarom, hogy életemnek önmagam számára értelme legyen, akkor valaki más számára kell értelmessé tennem. (mert) Mi *mi* vagyunk." De ha valaki olyan helyzetbe kerül, ahol nem csak a *minek*, de az *énnek* sincs értelme, akkor a változtatásra sincs esély.

A lágerek túlélői a következő azonosságokat mutatták: nem feltétlenül akartak elsők lenni, nem akartak kitűnni, a szabályokat csak olyan mértékben tartották be, ami még a biztonságukat szolgálta, ritkán kockáztattak, de képesek voltak sanyarú helyzetük mellett másokat szeretni, segíteni. Mertek *nagyvonalúak* lenni, és még egy nagyon fontos: egy percig sem gondoltak arra, hogy nem élhetik túl. Gyakran fantáziáltak a szabadságról, ezzel az elkeseredőkbe is képesek voltak új erőt csepegtetni.

Ezek az emberek valamilyen szempontból hősök voltak. De... de nem annak születtek, egyszerűen csak jobban asszimilálódtak a helyzethez, mint a többség. Ha a történelem nem küld rájuk egy ilyen pocsék lavinát, talán sohasem kerülnek ilyen kilátástalan helyzetbe, leélik az életüket tisztességesen, csendben, könyvelőként, fodrászként, vagy éppen asztalosként. A változást kívülről kényszeríttették rájuk, ők „csak" megfeleltek a kihívásoknak.

Csíkszentmihályi Mihály a munka paradigmáját kutatva arra a megállapításra jutott, hogy a kihívás és a készségek közel azonos nagysága – melyek bizonyos határok között folyamatosan növelhetők – az egyetemes boldogságérzet alapját adják. Az áramlatba kerülés (ő *flow*-nak nevezi) öngerjesztő folyamat, mely az erősebbnek tartott *belső motivációt* tartja fenn. A játék lényege, hogy nem feltétlenül kell a környezet számára is jelentős eredményeket elérni, elég, ha a kihívás alig nagyobb, mint a jelenlegi készségszintem, mert ebben az esetben a *viszonylagos* kis teljesítményt is olimpiai győzelemként fogom ünnepelni. Napi szinten több ilyen kisebb győzelem hasonló módosult tudatállapotot eredményez, mintha az ember valamilyen ajzószert használna.

Azok, akik nincsenek tisztában saját készségszintjükkel – talán azért, mert gyerekkorukban sikeresen kiirtották belőlük a vállalkozás minden szikráját, vagy később túl sok negatív tapasztalatot gyűjtöttek be –, lehet, hogy egész életüket úgy élik le – könyvelőként, fodrászként, asztalosként –, hogy semmi különös nem történt velük. Nagyon jó történelmi példa IV. Béla, aki a tatárjárást követően olyan új oldaláról mutatkozott be, amivel kiérdemelte a *második honalapító* címet.

A fenti példák azért csalókák, mert azt sugallják, hogy valami nagy, külső kényszerítő erő hozhatja elő az *igazi változást*.

Az igazság azonban az, hogy ezek az emberek tudat alatt várták azt a csodát, ami felszabadítja őket a passzivitás rabságából, és amikor erre alkalom nyílott – felvállalva a vele járó kockázatot is –, éltek a lehetőséggel. Megszabadultak különböző gátló érzelmektől (félelem, fájdalom, indulat), és csak a feladatra koncentráltak. Ösztönösen döntöttek, de a feladatot hideg fejjel gondolták és hajtották végre. A legfőbb motivációjuk – annak ellenére, hogy az ő életük forgott kockán – segíteni másokon vagy örömöt szerezni szeretteiknek pusztán azzal az egyszerű ténnyel, hogy életben maradnak és hazatérnek. Fontos szerepet kapott még a *hit:* önmagukban és alapvető emberi értékekben. Az illúziót ezek az érzések mixelték olyan pszichés energiává, ami egyben csodálatos fizikai energiatöbbletet generált, és végül a többiekhez képest kiemelkedővé tette őket, a betegségekkel és a bajokkal szemben ellenállóvá, bizonyos értelemben hőssé.

Visszatérve Klárához.

A recept tehát egyszerű: olyan kényszerítő körülményeket kell előállítani, melyek a számára igazán fontos emberekre nézve jelentenek veszélyt, és ehhez el kell venni azt a biztonságérzetet, ami a helyzetből való kimeneküléshez mutat egérutat. Például: nem baj, ha én meghalok, majd Endre gondját viseli Barnabásnak.

A baj csak az, hogy ehhez nem terapeutának, hanem minimum félistennek kell lenni.

Tehetséges kineziológus kolleganőm a következő kérdést tette fel:

Judit: – Ha egy űrhajóval egy másik bolygóra költözhetnél, kit vinnél magaddal?

Klára: – Ildit, a barátnőmet.

Judit: – Tibort, Endrét, Barnabást nem?

Klára (határozottan): – Nem!

Én: – Miért?

Klára: – Ildivel a kapcsolatom tiszta, egyértelmű, és melegséget áraszt.

Klára vágya az, hogy minden kapcsolatára ezek legyenek a jellemzők: tiszta, félelem nélküli, szeretetteljes.

Mit tesz ezért?

Jelenleg semmit.

Illetve azzal az izgatottsággal éli az életét, amiben soha nem tud kiengedni; ha van egy szabad félórája, nem tud elernyedni, pihenni, inkább azon rágódik, mit nem csinált meg. Élete így folyamatos feszültség, ami a depresszió tengere felé sodorja.

A helyzet tehát megérett arra, hogy változtatni akarjon.

Mostanában egyre ötletesebb elrettentő ellenreklámok jelennek meg a cigarettás dobozokon. A szinte már semmit sem jelentő „A dohányzás súlyosan károsítja az egészséget és rákot okozhat." címűt felváltotta a „A terhes nők dohányzása károsítja a magzat egészségét.", vagy „A dohányzás elzárja az artériákat, szívrohamot és agyvérzést okoz." Itt már nincs feltételes mód: egyértelmű, hogy ilyen rettenetek fognak megesni a magukról renitens módon megfeledkezőkkel.

A dolog mindenképpen álságos, hiszen akik ezeket az elmés gondolatokat megfogalmazták, egy pillanatig nem gondolnak arra, hogy milyen nagyszerű lenne, ha tömegesen leszoknának a dohányzásról. Sőt!

Félelem alapú motivációval pontosan az ellenkezőjét érhetik el a függőségben, vagy ahhoz közeli állapotban lévő embereknél. Kíváncsian várom, hogy ugyanilyen szövegű reklám mikor jelenik meg a csokoládékészítményeket rejtő csomagolásokon. Ha valamelyik neves hazai csokoládégyár felkérne tanácsadójának, ez lenne az első változtatás, amit bevezettetnék: minden csomagolásra ráíratnám: „A csokoládé hosszú szenvedés után borzalmas halált okoz!"

Félretéve a dolog ízléstelenségét... ha valakit gyerekkorától fogva erőszakkal – netán fizikaival – kényszerítettek, hogy *változzon(!)*, két dolog lehetséges: teljesen elveszíti az identitástudatát, diafóbiától fog szenvedni, életével és környezetével szemben állandó elégedetlenséget, örömtelenséget fog érezni és mutatni, miközben szinte vágyja, hogy *„üssék"*. Önmagát és a környezetét is szenvedésre fogja kényszeríteni. Vagy az egészből kilép, agybetegséget produkál (gyakori közöttük a katatón), esetleg deviáns módon „bünteti" a társadalmat és bűnözővé válik.

Feldmár András ezt a gondolatot így fogalmazza meg:

„Abban a percben, amikor a kényszer, az erőszakoskodás belép az ajtón, a szeretet kimegy az ablakon. A kínálás, a meghívás akkor válik kényszerré, ha megismétlik, miután az, akinek szánták, nemet mondott...

Ha bánthatlak, és *meg* is *teszem*, akkor vajon milyen alapon mondhatnám, hogy szeretlek?"

Klára esetében a legfontosabb a női identitásának a megtalálása, önmaga nőként való értékelése, elfogadása.

A program következő része a másik legitimitásának elfogadása, ezzel egyidejűleg megismerni a játék hatalmát. Klára gyerekkorában félt a babáktól, nem játszott velük, és vele sem játszott senki. A párkapcsolati játékok és ezen keresztül a szexuális játékok „tanulása" kimaradt. Ezek pótlása nem megoldható, de képcserével a játék adta örömérzet újragerjeszthető.

A hatodik foglalkozáson vagyunk túl. Klára megfogalmazta, hogy az életet választja: minden másnap úszni jár, többet és intenzívebben foglalkozik a fiával, decens módon, de festi magát, újra miniszoknyát hord, kétszer volt Ildivel táncos szórakozóhelyen, ahol férfiakkal ismerkedtek (talán randi is lesz) – általában elmondható: jól érzi magát a bőrében.

Tibortól véglegesen elbúcsúzott, Endrével a kapcsolatuk nem javult, nem képes vele nemi életet élni, viszonyuk mégis most közelíti meg leginkább a partnerit. Barnabás, hogy nem érzi a szüleiben a feszültséget, kiegyensúlyozottabb, jól teljesít az óvodában.

A helyzet most ért meg arra, hogy a változásokat a grafoterápia módszerével rögzítsük.

Klára most kezdte felismerni és megszeretni azt az embert, akit eddig észre sem vett, amikor tükörbe nézett. Klára elindult a változás göröngyös útján, és szemernyi kétségem sincs afelől, hogy időnként el fog esni, de azt gondolom – talán joggal –, hogy kevésbé fogja sajnálni magát, és fel fog tudni állni.

MIÉRT IS SZÜLETTÉL?

(Dr. Farkas András gondolatainak felhasználásával)

Szerintem akár tagadod, akár nem, te is gondoltál rá, hogy mennyire más lenne az életed, ha nyernél a lottón egy vagon pénzt. Valószínű, hogy hellyel-közzel már a helyét is tudod; azt is, ki kapjon belőle és mennyit; illetve, hogy biztosan ki nem kap belőle. Így aztán már azt is kiélvezted, hogy élet és halál ura lettél, Isten után a második. Még az is lehet, hogy esténként ezért imádkozol, és végül úgy alszol el, hogy tulajdonképpen már NYERTÉL!

A nyerésben az a jó, hogy nem kell érte tenni semmit, az csak úgy jön. Persze ez így túl naiv dolog – gondolod –, ezért beépíted a gondolkodásodba, hogy valamit mégiscsak tenni kell érte, például jónak kell lenned. A jóságért cserébe ajándékot kapsz, meglepetést. Az egész életedben erre kondicionálnak: ha jó leszel, megkapod a vágyva várt játékot; ha jól tanulsz, elmehetsz moziba; ha időben hazaérsz, meleg vacsora és sör vár; ha időben lefekszel, akkor mindent megkaphatsz, különben elalszom. Ha ezt a leckét megtanulod, boldogulsz az életben, ha nem, antiszociálisként tévelyeghetsz, hogy aztán a végén műanyag pohárral az ujjaid között csoszogj az autók körül, hátha kidob valaki egy százast.

Pedig a dolog ennél sokkal ígéretesebben kezdődik.

Mekkora is az esélyed, hogy pont te nyerd meg azt az ötöst?

Egyes valószínűségszámítás szerint 1:43 000 000, azaz $1/43 \cdot 10^6$ variáció, és persze ennyi lottószelvény is szükséges, hogy te legyél a befutó. Figyelembe véve a nyeremény nagyságát, ez akkor válik rentábilissá, ha legalább 5 milliárd a kifizetés, nem elhanyagolva azt a tényt, hogy bizony ehhez már egy kicsit milliárdosnak kell lenned, és egyéb technikai feltételek is szükségesek a 43 millió szelvény kiállításához.

De bármilyen furcsán hangzik is, ennek van esélye.

Legalábbis picivel több, mint annak, hogy pont te szüless meg.

Egy Fred Hoyle nevű csillagász szerint ennek az esélye – most figyelj! – $1{:}10^{40000}$. A differencia, hogy amíg a lottónyeremény lehetőségét nyolc karakterrel le tudtam írni, addig a megszületésed esélyét csak úgy tudnám kifejezni, hogy a nulla egész után kb. fél oldalon keresztül írhatnám a további nullákat, hogy aztán a végére odabiggyeszthessek egy picike kis egyest. Az én matematikai tudásom nem engedi meg, hogy más módon kifejezhessem, hogy ez hány trilli-, billi-, vagy tudom is én –omod. Azt viszont biztosan tudom, hogy ez esélynek nem túl sok. Ha most a macskád hirtelen felnézne szunyókálásából és hibátlan magyarsággal arra kérne, hogy tölts egy kevés tejet a tányérjába, valószínűleg meglepődnél. Pedig még ennek is egy pár nullával nagyobb az esélye.

Ennél konkrétabban nézve: kicsit át kell ismételnünk azt a történelemórát, ahol a Föld kialakulásáról, az élet keletkezéséről tanultunk. Végül is csak három és fél milliárd évet kell áttekintenünk.

Mindez persze a kutatók megközelítése szerint igaz, az ezotéria világában más törvényszerűségek a mérvadók.

Tény, hogy a DNS-ünket alkotó láncon, annak minden sejtmagjában található olyan információ, amelyet több millió éve örökítünk át, ilyen értelemben elmondhatod magadról, hogy te már nagyon öreg vagy, egyes részeid már több millió évesek. Ez alatt az idő alatt – gondolom – egy-két szörnyűséget el tudsz képzelni, ami betehetett volna a mi DNS-láncunknak, példának csak az özönvizet vagy a jégkorszakot említeném, és ezekből állítólag több is volt.

Mit gondolsz, pár sor nullát áthúzhatunk?

De az élet keletkezésének hajnalán, amikor ez a Föld nevű bolygó csak egy gázelegyből összegyúrt laza gömböcske volt, kellett egy állatka, aki vette azt a bátorságot, hogy ezt a mérgező gázt, az oxigént (a Tejút bolygói közül alig akad olyan, amelyik tartalmaz oxigént) magába szívja, feldolgozza, megszelídítse és elégesse. Majd talált magának egy testet – a miénket – beköltözött, begyújtott ezzel a teljesen mérgező gázzal, mert hideg lehetett nálunk. Ezzel energiát adott nekünk, és megteremtette a

lehetőségét, hogy ebben a meleg kis házacskában együtt éldegél-
jen velünk, *békességben.*

Azt hiszem, a baktériumunknak is adhatunk pár nullát: nél-
küle vagy nélkülük (aztán ez egy népes család lett) a gázcsere
még sejtszinten sem lenne sikeres.

Ha gyorsan egy-két milliárd évet átugrunk, máris megjele-
nik Samu apánk, akinek a hüllőagyára már ráépült a limbikus
agy, sőt a neocortex is elkezdte behálózni a felületét; kezdett
már egy kicsit szürke lenni. Ismét egy-két nullát lefaragha-
tunk a végéből.

Függetlenül attól, hogy Samu apánk ösztönből kezdte meg-
kergetni ükanyáink egyikét vagy csak elbotlott és ráesett (így
aztán ő megesett), nehéz megítélni ilyen távlatból. Ha akarta, ha
nem, minden egyes közösülésük alkalmával 600 000 ondósejtnek
adott esélyt, hogy célba érjen. Ha az élet egyéb területein nem
is, itt aztán fontos szerepet kapott, hogy ki mekkora farokkal
rendelkezik, mert a gyors előrejutást a farokszerű csillám hossza
alaposan meghatározza. Mint az is, hogy egyesek mennyire ké-
pesek alkalmazkodni a megváltozott körülményekhez – gondo-
lok itt arra a savas esőre – mit esőre, savas özönvízre –, amiben
a versenyzők kilencven százaléka elbukik. Végül az erősebbje
és az ügyesebbje eljut a nő „szívéhez", aki – minden ellenkező
híreszteléssel szemben – nem nézi tétlenül a versengést és várja
megadóan, hogy a győztes megszigonyozza, hanem egyenként
végigsimogatja mindegyiket selymes csillóival, holografikus
sejtjei segítségével felismeri, hogy melyik az igazi, és aztán ke-
gyelmet nem ismerve magába rántja a győztest.

Ennek fényében lehet tippelni, melyik is az erősebb nem
(vagy igen).

Ha Samu apánk normális potenciállal rendelkezett, vagyis
napi egyszer képes volt erre a megerőltető fizikai munkára (le-
számítva vásár- és ünnepnapokat, a fejfájásokat, és a „ne most,
mert álmos vagyok" szabadnapjait) és ükanyánk kétévenként
szült, egy utód megjelenéséhez kétszáz közösülésre – és ez most
nem a vérmes Samu apánk statisztikája – volt szükség. Ez – az
előbbi adatokat alapul véve – 120 millió potenciális versenyző

útnak indíttatását jelenti. És ez a nagyszülők 2 gyenge évének a kiragadásával mondható el. Ha az akkori maximális élettartamot vesszük figyelembe, és 15 éves kortól 30 éves korig tartó szexuális hajlandóságot, akkor ez alatt a 15 év alatt 7,5 ehhez hasonló 2 éves periódussal számolhatunk. Vagyis ükapáink szexuális tevékenységére elmondható, hogy 900 millió esélyből 7,5 utódra volt képes. Természetesen a megmaradási arány azért nem mondható ilyen jónak; az ártalmas környezeti hatások – a táplálkozási lánc végén akkor még nem egyértelműen az ember állt – és a betegségek szó szerint megtizedelték a kor gyermekét. Így 0,75 ivarérett utóddal számolhatunk – nagyjából. További esélylatolgatás céljából hozzáteszem, hogy hím ivarú egyedek mindig kevesebben jöttek létre, de a könnyebb számolás érdekében tekintsük úgy, mintha a 0,5 fiú utódból végül is (erősen kerekítve) 1 egész ember lett a mi nagyapánk.

Most már igazán nem kell sokat matekozni ahhoz, hogy kiszámítsuk, hogy hány emberöltő telt el az első ember megjelenése óta, és könnyedén megkaphatjuk Fred Hoyle számát.

Ha matematikus vagy, kérlek, tedd meg azt a szívességet, hogy nem kapkodsz a logaritmusod után; Hoyle ennél kicsit bonyolultabban számolt, és sokkal több tényt vett figyelembe.

Ez az általános iskolás matek egyszerűen csak annyit akar bizonyítani, hogy az életed minősége sokkal több méltóságot követel meg tőled.

Biztos, hogy fontos dolog, hogy az orrod előtt húzott ki a busz (öt perc múlva jön a másik); valaki bevágott eléd index nélkül, vagy a gyerek bizonyítványa most került elő, és kilógnak belőle az egyesek?

Ha elhiszed, hogy *kiválasztott* vagy, sokkal nagyobb eleganciával kell kezelned az *elvárásaidat,* mert különleges vagy!

Függetlenül attól, hogy szép vagy, vagy „elöl deszka, hátul léc", esetleg kopasz, pocakos szemüveges, te learattál már egy nagy győzelmet minimum 900 millióval szemben. Gondold meg! Van okod a kishitűségre, az állandó megfelelni vágyásra (vagy az ellene való küzdelemre)? Hát nem te vagy a legszerencsésebb a világon?

Lehetsz tolókocsiban vagy ágyhoz kötve, az életed nem a fizikai létedhez kötődik *csak*. Ha engedsz az optikai csalásnak, akkor – csak akkor – igen.

Mert minden *belül* dől el, és te csak – vagy jól, vagy rosszul – asszisztálsz a *háziállataidnak* (mikrobák milliárdjai), és közösen beteljesítitek, amiért szüleidtől az 900 millióval szemben pont te kaptál esélyt.

Minden, ami ezen kívül történik, csak arra jó, hogy *kívülről* megzavarjanak, vagy te kuszáld össze az elmédet.

Neked nem méltósággal kell meghalnod, hanem a győztesekhez méltóan, méltósággal kell tudnod élni, és utána csendben elmenni.

Hogy ezt mikor teszed – bár hihetetlenül hangzik –, tőled függ! Az egyetlen – az optikai csalás miatti – buktató, hogy felismered-e ezt a tényt egyáltalán, vagy még idejekorán. Az állatoknak ez könnyen megy: a „gondolkodás" csak korlátozott módon igaz a működésükre; azt teszik, amire „programoztattak". Neked érzékeid, érzéseid, asszociációid és gondolataid vannak, ezek mindegyike megtestesül a viselkedésedben; légzésedben, nézésedben, mimikádban, gesztikulációdban, testtartásodban, mozgásodban, szavaidban (írhattam volna, hogy metakommunikációdban). Ezek egy része ösztönös, génjeidben elraktározott, más része a környezetből felvett.

A génekben elraktározott, „hozott" anyag az, amiről a legtöbben azt gondolják, hogy ezek az eleve elrendelt dolgok, melyben te maximum determinált lehetsz. A születéskori örökletes betegségek valóban ide sorolhatók, de a többi inkább csak hajlamosító tényezőként említhető. Születhetsz csípőficamosan; nagy orral, ellenben kis mellel; kancsal szemmel, de az életed nem attól lesz tartalmas és nem attól lesz értelme, ha hibátlanul tudsz járni vagy táncolni, vagy a melleddel tudod nyitni a lengőajtót. Tudom, azt mondod, kíváncsi vagy rá, ha én születek így, mit mondanék most. Erre csak egy válaszom lehet: én sem gondoltam mindig így. Nekem is elment pár évem, míg felismertem az optikai csalást. Neked miért kell ennyit várnod?

Ne feledd, győztes vagy!

A felismerést leginkább a környezet tudja késleltetni vagy megsemmisíteni.

A sajnálkozó pillantások, amikor eleve kevesebbnek néznek; a megalázó, szánakozó segítő felajánlások, amelyek nap mint nap erősítik benned, hogy a társadalom (mármint ez a társadalom) megtűr és eltart téged.

A környezet regisztráció a közösségi életre, mert a környezet megítél, és neked csak ennek mentén van jogod élni. És talán soha nem jut eszedbe, hogy egy magasabb hatalom bizalmat szavazott neked, hogy beteljesítsd a feladatod. A *tiédet,* és nem azt, amit mások élnek, vagy amit élni vélnek.

Hm?

Mit gondolsz erről?

És a háziállataidról?

A szimbiózis attól az, ami, mert nem lehet eldönteni, hogy ki tart el kit, ki felel kiért.

Nézd csak meg a *szerelem* szó szinonimáit az értelmező szótáradban!

Hogy a hatmilliárd, benned élő baktérium nyitott gombatelepeket vagy a vírusok igázták le és „háziasították" a baktériumokat, ez mindössze attól függ, hogy melyiket etetjük. Minden gramm táplálék bevitele jelentheti a te békebírói üzenetedet, de jelentheti azt is, hogy valamelyik rendszeresen győztesen jöjjön ki a csatából. A baktériumaid bemennek reggel a gyárba, elhelyezkednek a futószalag két oldalán, és a megrágott ételmasszából elkezdik kikapdosni azokat, – mint egy forgalmas repülőtéren a csomagjaikat kereső türelmetlen utasok –, amikből ők tudnak aminosavakat gyártani. A futószalagon megy tovább az, amivel nem tudnak mit kezdeni – gondolják, talán majd a többiek. De a vége felé kezd lazulni a munkafegyelem, és kezdik félretologatni azokat a csomagokat, amelyekkel nem tudnak mit kezdeni. Ezek a sötét sarkokba szorulnak, ahol nem történik velük semmi. Ezek az ottfelejtett csomagok. Előbb-utóbb eltömítik a folyosó oldalkijáratait, a masszából meglógó paraziták meg úgy gondolják: „végre megtaláltuk Amerikát", és kalapjukat megemelve rájuk telepednek. Őket hívhatjuk Candidáéknak. Közös munkájuk eredményeként az eltömített kijárat alatt elkezd „rothadni" a fal. A kevésbé jó baktériumok és a vírusok vámpírként odajárnak kocsmázni. Egy másik brigád – ezeket a *fehérvérsejt-mozgalom* munkásai alkotják – folyamatosan falaznak, foltoznak. Egy részük kidobóemberként küzd a rendetlenkedőkkel, és jobb híján felfalják őket. A csata kimenete ismét arról szól, kapnak-e *kintről* segítséget, vagy érkeznek-e a kocsmába újabb rendbontók, akik már meghaladják az erejüket.

A futószalagon a gyümölcsöt egy óra alatt kapják szét a fiúk; három óra kell a rostosabb, keményítőben dús zöldségféléknek, és hat-nyolc óra kell a húsoknak, zsírosságuktól függően. El tudod képzelni, hogy aranyos, fogadott munkásaidnak milyen zűrzavart tudsz okozni egy gesztenyével töltött bébipulyka-vörösboros aszaltszilva-burgonyapüré leküldésével?

Ha láttál már megbolydult hangyabolyt, akkor talán igen.

Arról még nem is beszéltünk, hogy ezek a kis munkások – bár sztahanovisták – mégsem dolgozhatnak éjjel-nappal. Az este tizenegykor leküldött csirkepörkölt – hűtő-hidegen, csak úgy friss fehér kenyérrel, mert úgy a jó – érkezésére csak páran nyitogatják ki a szemüket, félálmosan oda-odanyúlnak a futószalagon csúszkáló anyaghoz, de ez inkább csak imitálása a munkának.

Nincs az a váladék – epe vagy gyomorsav –, ami ezt gond nélkül felaprítaná, így aztán a futószalagon olyan extra méretű csomagokat kapnak, amiket el sem bírnak – ezek már maguktól gurulnak a sarokba. Ismét növekszik az ottfelejtett csomagok száma.

Miért van az, hogy a papagájodnak vagy a tengerimalacodnak megveszed a kölesmagot, és nem marhahússal eteted, vagy csokival? Honnan tudod, hogy melyiket szereti jobban? Ez nem kérdés! A papagájodnak nincs lehetősége hedonista módon élni, csak neked… Olyan aranyos; félsz, hogy elveszítheted, ezért veszel egy könyvet, és aprólékosan áttanulmányozod, hogy mit adhatsz neki enni – tiszteletben tartva, hogy az eredeti környezetében mit találhat –, hogy ne pusztuljon el.

A baktériumaid eltartásáról miért nem veszel könyvet, miért nem tanulod meg ápolni őket?

Az egy papagájjal vagy tengerimalaccal szemben a hatmilliárd baktériumból nyugodtan pusztulhat el egypár. Mert a baktériumaid tök hasztalanok, egyébként is, őket nem lehet naponta nézegetni, simogatni és beszélgetni velük?

Hadd kérdezzem meg – a legnagyobb tisztelettel –, normális vagy?!

Engem az állatok és minden élőlény tiszteletére tanítottak. És téged?

Keresztapámnak volt egy lova. Akkor vette, mikor én születtem, és a Bandi nevet kapta. Bandival szoros kapcsolatot igyekeztem kialakítani, ezért amikor a felnőttek nem látták, beosontam az istállóba és beszélgettünk. Ötévesen – jó kapcsolatunkra való tekintettel – úgy gondoltam, hogy végre útnak indulhatunk, és a kocsiba befogott lovat nekihajtottam a kapunak. A kommunikáció nem volt tökéletes még közöttünk, nem a mi nyelvünket használtuk, hanem keresztapámtól ellesett szövegeket és mozdulatokat utánoztam: felültem a bakra, kezembe vettem a gyeplőt, csettintettem a nyelvemmel, azt mondtam „gyí, Bandi", és megrántottam a gyeplőt. Bandi az okos lovak közé tartozott: még mielőtt bármit tett volna, hátranézett, hogy ezt komolyan gondolom-e, majd egykedvűen nekiindult. Az eredeti forgatókönyv szerint ez csak egy próba lett volna, és pár méter után Bandinak – az én erőteljes fékező hatásomra – meg kellett volna állnia. A megállás hangjait és mozdulatait még nem sajátítottam el tökéletesen, ezért csak odáig jutottam, hogy „Hőőő!". Bandi meg csak töretlenül haladt előre a kora reggeli párában, a tőlünk tíz méterre levő kapu felé. Keresztapám valószínűleg a reggelije utolsó falatjaival küzdött, mikor meghallotta a fakapu recsegését, és kirohant. Kezemben a gyeplővel igen heroikus látvány lehettem (a római kor kocsiversenyzői pózában), de ő ezt akkor nem díjazta. Soha nem nyúlt hozzám, most is csak káromkodott: sajnálta a lovat. Szerencsére Bandinak nem lett semmi baja, csak a kocsirúd zúzta be a kaput, ő még idejében megállt. Magam már nem voltam ilyen szerencsés; apám kissé elvert.

Az incidens nem rontotta a viszonyomat a szereplőkkel. Később keresztapám a lóimádatomból egész jól jött ki: trágyázás, etetés, itatás és csutakolás nélkülem alig történhetett.

Aztán a sors úgy hozta, hogy elköltöztünk a másik nagyszüleimhez, így a napi kapcsolatunkat úgy igyekeztem pótolni, hogy mindig feltérképeztem keresztapám munkaterületeit, mert ahol ő volt, ott volt Bandi is.

Így történhetett meg az is, hogy suliból hazafelé jövet egyszer csak a földeken találtam magam. Keresztapám már ott várt, ledobáltam magamról a szép ruhámat, cipőmet, addig ő befogta az eke elé Bandit, és már vezethettem is a kukoricasorok között. Tizenegy éves lehettem. Lehet, hogy a Bandi olyan, mint a legtöbb fehérember – nem felejt! –, de tény, hogy egy óvatlan pillanatban a meztelen lábfejemre helyezte az összes súlyát. Némileg tompította a porhanyós talaj a zúzódást, de így is pillanatok alatt bedagadt, belilult, és nem mellesleg baromira fájt is. Keresztapám megkérdezte, hogy abbahagyjuk-e, szinte tiltakoztam, hogy „á, dehogy". Ő, mint a népi gyógyászatban járatos személy, szakszerűen megoldotta a dolgot: először pár korty vízzel lemosta lábfejemet, megtekergette, hogy eltört-e, majd a kétes tisztaságú zsebkendőjét borral átitatta és rátekerte a lábfejemre. Megnyugtatott, hogy most már jó lesz. És miután kezdett sötétedni, még nagyobb sebességre kapcsoltunk. Néha már nem tudtam, hogy én vezetem a zablaszáron a Bandit, vagy ő rángat az egyik buckáról a másikra. Keresztapám az eke mögül folyamatosan nyomatta a paraszti folklór kacskaringóit. Nem hiszem, hogy számára hős voltam, de én a fájdalmamat úgy viseltem, mint egy kitüntetést. Mikor befejeztük, alig tudtam járni, így hazavitt kocsival. Szüleimnek azt mondta, hogy véletlenül találkoztunk, és épp jól jött a segítség. Kérdésükre, hogy miért sántítok, azt feleltem, hogy a suliban, foci közben történt a baleset.

Bandi néha három műszakozott: hajnalban kezdett a TSZ-földön, napközben csinált egy-két kanyart a sóderbányából, délután – inkább este – meg saját földön dolgozott. A sóder nehéz dolog, különösen frissen bányászva, mert akkor föld-nedves.

Ezért általában két lóval dolgoztak a kocsisok. A nehéz etapok közé főleg a bányából való kijutás, illetve a rámpára való feljutás tartozott. Egy-két óra körül, mikor a suliból hazafelé kocogtam, keresztapám a Bandival éppen ott állt a sorban, négy-öt kocsi volt előttük, a bakon ülve beszélgettek egymással. A műsor az volt, hogy megálltak a rámpa aljától vagy harminc méterre, és mikor végzett a másik a berakodással és legurult a lejtőn, akkor a soron következő megugrasztotta a lovakat, hogy azok kellő lendülettel érkezzenek a kanyarban felfelé emelkedő rámpához. Ha véletlenül nem tudott egy lendületből felhajtani, akkor engedték visszagurulni a kocsit, és újra próbálkoztak. Azt gondolom, hogy a józanész is ezt diktálná, de délután már a kocsisok nagy részénél hibádzott a *józan*, és volt olyan, akinél úgy általában az ész is.

A soron következő sofőrre is ez volt igaz. Szintén egy lóval volt. A ló patkója – talán kopott volt – megcsúszott, és hiába próbálta megtartani a kocsit, folyamatosan gurult vissza, de nagyon jó fék volt rajta, így a rámpa alján megálltak. A kocsis nem örvendezett: kiváló új káromkodásokat tanultam, szinte pár perc alatt. Előkerült az ostor, a lónak ismét kipörögtek a lábai, és bármennyi is van belőlük, megbotlott, többször térdre esett. Ezután olyan ösztökélés következett, aminek a képei nem halványulnak még ilyen idő távlatában sem. Leírását igyekszem nem túl plasztikussá tenni.

A kocsisnak nevezett tárgy – hogy megkoronázza eddigi teljesítményét – leszállt a bakról, felrángatta a zablájánál fogva a lovát, és hogy megtanulja, semmi sincs ingyen, ököllel többször orrba verte. Nem kicsit. Ettől a ló ismét leheveredett, és kezdett egészen vegetatív lenni. Na de az okos kocsis – nem létező – eszén ilyen átlátszó trükkökkel nem lehetett ám túljárni. Először a szívlapáttal serkentette mozgásra, majd ötletesen lekapta a bak ülőkéjét, és azzal kezdte ütlegelni. Valószínű, hogy a repertoárjában volt még egy-két geg, amit a méltán nagyszámú publikum szórakoztatására bemutathatott volna, de ekkor keresztapám kikapta a kezéből a kocsideszkát, belökte az árokba pár keresetlen szó kíséretében, és odalépett a lóhoz. Simogatta, beszélt hozzá, majd felállította, hátrább curikkoltatta a már felszaporodott, kicsit izgatott kocsisokat, hogy még több helye legyen lendületet venni. Tolatásra rávenni egy lovat tele rakománnyal majdnem olyan nehéz, mint elhitetni vele, hogy testvérének – Pegazus nevű szárnyas – ez maximum ujjgyakorlat lenne. Egy fáradt, megalázott, hitehagyott ló esetében a lehetetlen kategóriájába tartozik. A többi kocsis türelmetlenkedett, nem szívesen nyaggatták a lovaikat, jöttek az ötletek: fogjanak be mellé még egy lovat; dobálják át a sódert egy üres kocsiba. A gazda is ötletelt, de az inkább a ló elmúlásával volt kapcsolatos. Időnként fenyegetőzni próbált, hogy ezt még megbánja keresztapám, a többiek viszont hasonló magyarsággal – mint ahogy ő inzultálta a lovát – eligazították, mondanám, leugatták. Eközben a ló remegése kezdett elmúlni, keresztapám folyamatosan simogatta és beszélt hozzá. Mindkét kezét berakta a szemellenző mögé, teljesen letakarva a ló szemét, és közelről suttogott a fülébe. Végül két ember segítségével – akik tolták hátrafelé a kocsit – sikerült húsz-harminc métert curikkoltatni.

Kezébe vett a saját zablazsákjából egy maréknyit, megkínálta vele a lovat, majd meg is itatta. Nem ült fel a bakra, a gyeplővel a kezében arra az oldalra került, ahol a fékkar van – ha elindulna a kocsi ismét visszafelé, kéznél legyen. Ostor nem volt nála. Halkan beszélt a lóhoz – a többi kocsis, a vonatra várakozók, és a vasutasok alkotta publikum is elhallgatott.

A gyeplő húzogatására a ló nekifeszült, a kocsi megmozdult – talán csak pár centit, de ahhoz elég volt, hogy a ló elhiggye: meg tudja csinálni. A rámpa aljához érve már majdnem trappolt, a macskakövön úgy csattogott a patkója, mint egy begerjedt kovács kalapácsa az üllőn, és úgy értek fel, hogy eközben nem csúszott meg. A lendület majdnem a tetejéig vitte, egy pillanatig úgy tűnt, hogy onnan fog visszacsúszni, de aztán „erőből” megoldotta. Keresztapám odakormányozta a vagon ajtajához a kocsit, megsimogatta a lovat, aztán otthagyta. A gazda egész végig, míg hányta befelé a sódert, megállás nélkül szidott mindenkit, de már senki nem foglalkozott vele. Mikor befejezte a berakodást, egytengelyen megfordította a lovát, lezötyögött a rámpáról, és mikor keresztapám mellé ért, alaposan megostorozta lovát, elviharzottak, a kocsi szinte pattogott az úton.

Mikor később megkérdeztem, hogy miket mondott a lónak, nem nagyon akart válaszolni. „Hát, csak biztattam." Amikor azt kérdeztem, miért nem fogtak be egy másik lovat mellé, azt mondta: „mert az a ló soha többé nem vitt volna fel még egy lúdtollal megrakott kocsit sem". Nem beszélt önérzetről, önbizalomhiányról, önértékelési problémákról. Nem csoda; keresztapám soha nem járt iskolába, nem tudott írni, sem olvasni.

Hatéves voltam, amikor először próbálták elrekvirálni a Bandit a TSZ számára. Ilyen begerjedtnek erőszakosnak soha nem láttam, sem előtte, sem utána, még a rendőröket is kizavarta az udvarból. Tízéves lehettem, mikor beadta a derekát, és bevittek mindent a közösbe. Bandival a kapcsolatom nagyjából itt szakadt meg: nem tudtam követni, hogy merre dolgozik, kinek a keze alatt. Keresztapám nem sokáig volt TSZ-tag, elment az orosz laktanyába fűtőnek. Amikor hazajött, a pufajkájából elővette a barnakenyeret és az addigra igencsak megcsappant tartalmú vodkásüveget, és amikor nagyon sok hiányzott belőle, ugyanúgy beszélt hozzá, mintha az a Bandi lenne.

A szabadságra – egyébként – a szerveinknek is szükségük van, mint ahogy a bennünk alkotó mikrobáknak és sejteknek is. Ha nem vagy fogékony az ezotériára, és nem is hallottál még a yin-yang egyensúlyról, azt valószínűleg gondolod, hogy a táplálék feldolgozása nagy energiákat von el a szervezettől, és vannak olyan szerveink, melyek képtelenek folyamatos, intenzív munkára. Például a gyomor perisztaltikája – úgy tartjuk, hogy állandó – képtelen lenne folyamatos, nagy mennyiségű táplálék összeaprítására. A libával, kacsával vannak ilyen próbálkozások, ahol is őket szűk ketrecben tartva jóval nagyobb adag étel elfogyasztására kényszerítik, mint amire ők vágynak. Ezt beáztatott, zsírozott kukoricával teszik – egyrészt, hogy ne sértse a nyelőcsövüket, de ennél is fontosabb, hogy az emésztési folyamatot elősegítsék. Így a zúz(d)ában hamarabb megindul az emésztés, de a megbomlott étkezési szokás miatt az átalakított zsír nem fog tudni csak a bőr kötőszöveteiben leledzeni, kénytelen lesz a májban felhalmozódni, és az egészséges életteréhez képest hét-nyolcszoros nagyságot is elérhet. Mindez az ember áldásos tevékenységének hatására történik. Számos állat lesz még hasonló módon az ember áldozata. De itt még nem ér véget a gyomor és a saját magad elleni bűntettek sorozata, mert bizonyos értelemben ezt teszed önmagaddal, gyerekeiddel, férjeddel. Ha a gyerek egy napig nem eszik, betegségre gyanakszol és megteszed a szükséges óvintézkedéseket. Orvoshoz viszed, ahol reményeid szerint „felír valamit" a doki, elkészíted a kedvencét – ez egy teszt, mert ha azt sem eszi, akkor tényleg beteg. De van ennél még jobb módszer: érzelmi zsarolással vagy egyszerű erőszakkal ráveszed, hogy egyen – amit elé teszel, ha tetszik, jó, ha nem, akkor is. Az undorral lenyelt ételeknek az a hátrányuk, hogy azok visszakívánkoznak, illetve ha ezt sikerül elnyomni, akkor olyan fajta önmérgezést hajtunk végre, mintha véletlen benyaltunk volna egy kis patkánymérget. Hát ezt teszed a gyerekeddel, mert szereted őt és aggódsz érte. A lelki háttere is kialakul: lesznek ételek, amelyekre egész életében nem bír majd ránézni, esetleg folyamatos „tömés" esetén besokall, és borítékolható, hogy tizenévesen anorexiás lesz. De a férjednek sem lesz jobb a sorsa. Ifjú asszonyként még nem foglalkozol sokat vele, hogy a férjed finomakat egyen, ő is megelégszik a plázák gyorsétkezdéivel. Amikor a család szentsége – többnyire a gyerek érkezésével egybeesik – kezd kialakulni, egyre fontosabbá válik, hogy együtt étkezzetek.

SZABÓ LŐRINC: SEMMIÉRT EGÉSZEN

Hogy rettenetes, elhiszem,
De így igaz.
Ha szeretsz, életed legyen
Öngyilkosság, vagy majdnem az.
Mit bánom én, hogy a modernek
Vagy a törvény mit követelnek;
Bent maga ura, aki rab
Volt odakint,
Én nem tudok örülni csak
A magam törvénye szerint.
Nem vagy enyém, míg magadé vagy:
Még nem szeretsz.
Míg cserébe a magadénak
Szeretnél, teher is lehetsz.
Alku, ha szent is, alku; nékem
Más kell már: Semmiért Egészen!
Két önzés titkos párbaja
Minden egyéb;
Én többet kérek: azt, hogy a
Sorsomnak alkatrésze légy.
Félek mindenkitől, beteg
S fáradt vagyok;
Kívánlak így is, meglehet,
De a hitem rég elhagyott.
Hogy minden irtózó gyanakvást
Elcsitíthass, már nem tudok mást:

Mutasd meg a teljes alázat
És áldozat
Örömét és hogy a világnak
Kedvemért ellentéte vagy.
Mert míg kell csak egy árva perc,
Külön; neked,
Míg magadra gondolni mersz,
Míg sajnálod az életed,
Míg nem vagy, mint egy tárgy, olyan
Halott és akarattalan:
Addig nem vagy a többieknél
Se jobb, se több,
Addig idegen is lehetnél,
Addig énhozzám nincs közöd.
Kit törvény véd, felebarátnak
Még jó lehet;
Törvényen kívül, mint az állat,
Olyan légy, hogy szeresselek.
Mint lámpa, ha lecsavarom,
Ne élj, mikor nem akarom;
Ne szólj, ne sírj, e bonthatatlan
Börtönt ne lásd;
És én majd elvégzem magamban,
Hogy zsarnokságom megbocsásd.

ZSÓFI

Már egy ideje figyelte. Soha nem figyelt meg még alvó embert ilyen alaposan. Egyszerűen nem bírta levenni róla a szemét.

A havercsávókkal egyszer összeszámolták, kinek hány csaja volt. Élt a gyanúval, hogy a többiek alaposan felfelé kerekítették a számaikat, de neki ez volt eddig az első alkalom, amikor komolyan számba vette a nőit – ebből mindjárt megtette évszázados felismerését is: menthetetlenül öregszik. Ekkor volt huszonhét. Nem számítva a nyali-falit, csak konkrétan a farkalást, akkor huszonketten voltak. Nem tartotta rossz részeredménynek – mert abban biztos volt, hogy csak az elején jár a skalpgyűjtésnek. De mintha a számolás rossz ómen lett volna, mert azóta sajnos lelassult. Most harminc, és az eltelt három év alatt csak két Barbit próbált fel, akik sokáig bíztak benne, hogy az ágyán kívül a bankszámláját is megosztja velük.

És most itt a harmadik – illetve a huszonötödik.

De ez valami egészen más.

Szerencsére úgy estek egymásnak, hogy arra sem tudtak figyelni, hogy behúzzák a függönyt. Így most a telihold reflektoránál olyan aprólékosan tudta nézni a békésen pihegő lányt, mint egy kutató, aki ebből a tárgykörből akarja írni doktori értekezését. És valóban kutatott; valami hibát keresett. Kurva zűrösnek találta, hogy annyira tökéletes.

A lány az oldalán – neki háttal – feküdt, testük közel volt egymáshoz, de nem ért össze, és sajnos a takaró alaposan teljesítette a kötelességét. Barna haja a hold ezüstös permetétől vörösesre váltott. Pontosan követte feje formáját, majd a füle előtt kettévált; egyik része a tarkója alá bújt, a másik pedig elfedte arccsontját és a szemét. Könyökén felemelkedve egészen közel hajolt a tarkójához. Finom kis pihéket látott aranyból, ütemesen mozogni. Nézte, ahogy a levegőt vette, de rájött, hogy az ütőere ritmusára csillannak meg vagy tűnnek el a sötétben. Kíváncsian félresimította a haját az arcából. Látni szerette volna azt a nyugodt erőt, amit megismerkedésük pillanatától folyamatosan érzett. A lány arcáról eltűnt az a játékos „dögölj meg"-mosoly; annyira gyermekinek és egyben ismeretlennek is tetszett egy rövid pillanatra, hogy majdnem felült. De még idejében észbe kapott, nem szerette volna felébreszteni. Újra közel hajolt, ráncokat keresett, de a világos területek olyan simának látszottak, mint a márvány.

– Csodálatos ez a csaj – gondolta.

És az élet, a jó dramaturg, erre a végszóra megmozdította a lány testét; hátrafelé csúszva a férfi ölébe simult. Tudta, hogy baj lesz, az érintését mindig nehéz kibírni; néha csak rágondolt, már attól is vigyázzba vágta magát a logarléce – na jó, botja. A mozdulat közben a lány halkan sóhajtott és karjait közelebb húzta a testéhez, ettől a mozdulattól még jobban kirajzolódott a teste a vékony paplan alatt. Újra felrémlett előtte az a kép, amikor a második után a lány kiment a fürdőszobába.

Felpúpozta a hencseren a hátát, és jobbra-balra ringatta a fejét, közben őt nézte mereven. Amikor a haja ellibbent a szeme előtt, jeges-szürkén villant rá. Zordságát dögös mosollyal enyhítette. Négykézláb állva, csípőjét is ringatva, méltóságteljesen csusszant lefelé. Pont olyan volt, mint az áldozatát becserkészni készülő fenevad. Majd amikor a lába leért, felegyenesedett, és tovább ringatózva lépdelt hátrafelé. A fiú elképedt, és fürkésző tekintetét látva még csibészesebben mosolygott rá. Lassított a mozgásán, végül megállt, karjait lassan az ég felé nyújtotta, mint aki egy jó nagyot ásít éppen, vagy a Tudás Fájáról akarna lecsippenteni egy fonnyadt almát. Ettől melle megemelkedett, és kissé oldalra lendült. Mellbimbója szinte felkarcolta a sötét szoba légterét, és egy pillanatra elővillant mellbimbója udvara, amit – a fiú érzése szerint – egy kávéscsésze sem tudott volna befedni. Beleállt a mozdulatba; ő volt az ismeretlen ledér istennő antik szobra. A fiú ekkor kezdett ámulatából kikecmeregni; felült, és éppen szólni akart. Valami nagyon sziruposat fogalmazgatott.

A lány, mintha ezt a pillanatot várta volna, hirtelen mozdulattal felrúgta a lábait, és egy hibátlan terpeszugrás boldog tulajdonosává vált. Visszaérkezve a talajra csilingelő hangon felnevetett, sarkon perdült, és kitépett a fürdőszobába.

A fiú le volt nyűgözve. Jó, éppen más csajok is ökörködtek, de ennek még az is jól áll, ha látszik rajta, hogy valami kiszuperált szappanoperából ad elő valami Kim Basingeres rettenetet.

Kínban volt; pár perce csusszant ki a lányból, és most ismét csőre töltött állapotban leledzett. Ezt a csajt nem lehet ép ésszel kibírni.

Ezzel együtt kell lenni éjjel és nappal. Mostanában egyre sűrűbben érezte ezt, és egyre nehezebben tudta megállni, hogy ne hozakodjon elő vele. Nem tudta, mit akar a lánytól, csak abban volt biztos, hogy vele kell lennie.

Persze, hogy utánacsattogott a fürdőbe; naná, hogy kikapta a tus alól. Csúszkálva, botorkálva estek vissza a szobába, először az ágy mellé, majd újra vissza rá.

Megnyalta kiszáradó szája szélét, és újra érezte a lány eperízű csókját. Nem bírt betelni a látványával.

Tudta, hogy manipulálja, de nem érdekelte, egyrészt azért, mert olyan természetesen csinálta, hogy nagyon vájtszemű alaknak kell lenni, aki ezt észreveszi. De az is lehet, hogy eleve ilyen. Másrészt ő is igyekezett olyan izmokat mutogatni egy egyszerű felállás során, amik egyébként nem is kellenek hozzá – mármint a felálláshoz. És tudott olyan mély hangon megszólalni, halvány mosollyal a szája szélén, ami több hozzáértő személy szerint is minimum szívdöglesztő. Szóval nem volt mit számonkérnie.

Jobb kezével maga mögött matatott, míg végül beletalált az epres tálba. Tapintásilag kiválasztotta az igazit, és mielőtt a tejszínes-lucskos gyümölcs vérét hullatta volna az ágyneműn, egy gyors mozdulattal a magáévá tette.

A lány illata összeolvadt az eper ízével, és hogy még jobban érezze, közelebb hajolt hozzá és egy mélyet slukkolt. Fanyar mosollyal a száján arra gondolt, hogy Nina Ricciék egy pár évig kotyvaszthatnak, míg valami ilyesmit kikevernek – szegények.

A következő pillanat meglepő fordulatot hozott.

Valami mély, dübörgő hang indult el a takaró alól, szerencsére olyan hosszan, hogy a fiú hitetlenségét is legyőzte; ez valóban az, amire gondolt. Először megmerevedett; az a képtelen ötlete támadt, hogy a szomszéd lakásból rögtön átkukorékolnak, hogy ha nem maradnak csendben, rendőrt hívnak.

De nem történt semmi, a lány ugyanolyan gyermekien aludt tovább.

A következő pillanatban forró láva öntötte el az ölét, mely – érzése szerint – még ragacsos is volt. Önkéntelenül húzogatta a paplan szélét, hogy minél kevesebb ájer jusson ki a szabad világba. E feletti erőlködésében száját szorosan összezárta, és visszatartotta a levegővételét. Ismét mozdulatlanná vált; pont úgy feküdt ott, mintha ő lenne a vétkes. Felduzzadt méretű szerszáma lüktetésről lüktetésre csökkent.

A percek haladtak. Majd amikor már-már ott tartott, hogy hangosan felvinnyog a dolog képtelenségén, a lány kissé hátratekerte a fejét, és csukott szemmel azt motyogta:

– Pukiztam?

Választ nem várt; úgy érezte inkább, hogy csak álmodott. Majd még jobban hátratekerve a fejét, csókra csücsörítette a száját. A helyzet nem lett egyszerűbb; ha megmozdul, a lány még a végén szagot fog, ha nem csókolja meg, arra viszont biztosan felébred.

Döntött.

A lány felé fordult.

Szabad kezével megsimogatta az arcát, és röviden szájon csókolta.

– Aludj csak – suttogta felé.

Zsófi megnyugodva elvackolta magát, fenekével belefészkelte magát a lágyékába, és hátával teljesen hozzásimult.

Gábor egészen addig így maradt, míg nem érezte, hogy a lány ismét egyenletesen szuszogva mély álomba merült.

Aztán kióvakodott a konyhába, szájába lökött egy cigit, amit később még felcserélt egy dobozos sörre.

A fogai közötti eperízt felváltotta a régi, ismerős savanyú-keserű íz.

Zsófi elfoglalt nő, nem volt egyszerű időpontot egyeztetni vele.
Amikor megérkezett, forrt körülötte a levegő. Nem olyan vihar-
madár módra, aki úgy pörög, hogy mindent lever maga körül.
Mozgása harmonikus és határozott volt, kissé fensőbbséges, de
természetes. A széken lazán hátradőlt, keresztbe dobta lábait és
várt. Teával kínáltam, megkérdeztem, zavarja-e a magnó, össze-
fogtam kezemben az elemzését, és én is hátradőltem. Néztük
egymást. Majd elmosolyodott és megszólalt:

– Tényleg annyi mindent meg lehet tudni az írásból?

– Remélem.

– És mit sikerült kideríteni?

– Mindent.

– Hűha, és az jó nekem? – mosolygott, de most ez erőltetett-
re sikeredett.

– Ez nemsokára kiderül. – Röviden elmondtam, hogyan dol-
gozom, mit várhat tőlem, és én mit várok tőle. Végül megkér-
deztem, hogy tegeződhetünk-e.

– Persze – és úgy bólintott, mint aki magát is épp most győ-
zi meg.

– Miért kerestél meg?

– Kíváncsiságból.

– Aha.

–Tudni szeretném, hogy milyen vagyok.

– Mármint szerintem?

– Ühüm.

– És mi a problémád?

– Semmi különös.

– Jobb szeretnéd, ha én mondanám?

– Szóval gázos eset vagyok?

– Semmivel sem jobban, mint az emberek nagy része. A kü-
lönbség csak az, hogy te valami miatt ezt tudni szeretnéd. Talán
a környezetedtől olyan visszajelzést kaptál, amivel nem tudsz
mit kezdeni. Ebben a helyzetben kicsit furán érzed magad, mert
eddig többnyire te irányítottad az eseményeket. Most meg, úgy
tűnik, hogy leköröznek.

– Igen, ez hellyel-közzel most illik a helyzetre.

– Előbb mondd a „hellyel"-t, aztán jöhet a „közzel" is.

– Huszonhét évesen kicsit beljebb kellene tartanom.

– Milyen irányban?

– Hogy?

– Például szakmailag, vagy a magánéletedben?

– Így is, úgy is.

– Szóljál majd a végén, hogy dobjak fel egy lottót.

– Miért is?

– Annyira tudtam, hogy ezt fogod válaszolni. Segítek egy kicsit. Az oviban te voltál az a leragasztott szemüvegű kislány, aki sokat kérdezett, anyáskodtál az elesettek felett, és mindenhol ott voltál. Nem féltél a fiúktól sem; ha elvettek valamit tőled, nem hisztiztél, nem árulkodtál, de vagy így, vagy úgy visszaszerezted. Otthon egyedül is jól elvoltál, de apáddal nagyokat lehetett játszani. Később a suliban sem változott a helyzet, de itt még cserfes, fiús kiscsaj voltál. Aztán nyolc-kilenc körül születhetett egy testvéred, sokat voltál vele, ezt néha utáltad. Sokakat tévedtem?

– Nem. Ez eléggé betalált. Tíz voltam, mikor született az öcsém. És ezt mind az írásból?

– Nem. Néha, mikor látod, hogy a számba veszem a kisujjam, akkor dől belém a sok információ. Beszéljünk a serdülőkorodról? De ebben az volt a legjobb, hogy nem történt semmi különös. Valamikor tizenhárom éves korod körül elment az a nagyszülőd, akit nagyon kedveltél... vagy szeretted?

– Igen, a nagyanyám, apám anyja. Ott lakott tőlünk két utcára, sokat voltam nála, nagyon jó fej volt. Semmin nem akadt ki, és mindenre legalább két jó megoldása volt.

– Meghalt?

– Igen.

– Hozzá hasonlítgatnak a szüleid?

– Régebben igen. Nagyinak egy férje volt, és huszonhárom évesen megszülte az első gyermekét.

– By the way; te mikorra tervezed az áldást?

– Szerinted is elkéstem már?

– Szerinted?

– Jól érzem magam, van egy pasim, akit bírok, a többi majd csak jön magától.

– Ezt te most nekem mondod? Rád nem jellemzők a női magazinok ártatlan szőke aranyköpései. Vagy rosszul gondolom?

– Miért, szerinted mindent előre meg kell tervezni?

– Ha ezt gondolnám, zavarna?

– Anyám jön időnként azzal, hogy ideje lenne felnőnöm már. Ő ez alatt azt érti, hogy kezembe vehetném a sorsomat. Vannak dolgok, amit befolyásolhatok, de pont ezt nem. Egy kapcsolatnak meg kell érnie, addig nincs értelme belelovalnia magát az embernek. Vagy nem?

– Így nézel ki, mikor indulatos vagy?

– Nem. Ezt bírom még fokozni.

– De megnézed, hogy hol engeded el magad ennyire. – Tiltakozna. – Köszönöm ezt a bizalmat. Tényleg. Ez az alapja, hogy együtt tudjunk dolgozni. Az előbb azt mondtad, hogy régebben hasonlítottak csak nagyanyádhoz. Most már nem? És miért nem?

– Én az a talpraesett-féle kiscsaj voltam…

– Most is az vagy.

– Igen, de amikor gimibe kerültem – a Brawn-ba jártam, tudod, az egy puccos suli –, elsőben nem akart senki dumálni velem. Túl közvetlen voltam, vagy én így gondoltam. Ki kellett alakítanom egy image-t. Én, akihez addig a fiúk is odajöttek mindenféle hülyeségükkel, elég nehezen viseltem, hogy nem én vagyok a… – keresi a szavakat.

– A központ.

– Nem. Ez valami más. A bizalmi ember. Olyan módon változtam, hogy nem is vettem észre. Visszavettem a dumából, hideg, távolságtartó lettem. A fiúknak be-beszólogattam. Nem készségeskedtem; ha valaki akart valamit tőlem, azt ki kellett érdemelnie. Eljátszottam a tapasztalt kiscsajt, így aztán megint elkezdtem osztani az észt a kétezres csajoknak. A menő csávók meg mind velem akartak járni. Otthon persze igyekeztem ugyanaz a kiscsaj lenni, aki voltam. Különben jól is esett apám kedvencének lenni. De megváltozott az öltözködésem, a külsőm, amit ők is félreértettek. Azt hitték, hogy elveszítették a kislányukat – főleg anyámtól hallottam sűrűn, hogy „úgy megváltoztál, hogy a nagyanyád sem ismerne rád". Hát, ha így gondoljátok, tudok még egy lapáttal rátenni – gondoltam. Rendszeresen hívogattak bulikra, de mindig csúsztattam. Ha már nem sikerült, akkor szóltam egy havernak, jöjjön el értem még emberi időben, és pattanjunk meg. Így aztán a sűrűjében nem voltam benne. Aztán tizenhét évesen... de érdekel ez téged?

– Szólok, ha majd nem.

– Szóval addig már eljutott egy-két dolog a fülembe. Nagyjából volt egy képem, hogy mi folyik egy ilyen bulin éjfél után, amikor már csak a krémje marad. Persze ez is egy kétezres csajnál volt...

– Mit jelent az, hogy kétezres?

– Ja. Ezek azok a csávók, akik tizenhatodik szülinapjukra egy kétezres Mercit kapnak. Szóval ezeknek is volt mit aprítani a whiskybe. Barlangfürdő a teniszpálya méretű nappaliban, diófa bútorok, a többit gondold hozzá. Csak még egyet: a kaputól a bejáratig a kerti lámpák – amik réznek látszottak – aranyozottak voltak. Éjfélig ment a densz, kisebb smárolások, fürdőzés, szokásos hülyülések. Aztán valahonnan előkerültek a szülők, meg azoknak egy baráti házaspárja, kicsit már feltöltött állapotban. Először tánciztak, nyomatták a sodort cigit, aztán fogdosni próbálták a csajokat, majd előszedtek valami port, és azzal kokszoltak. Kérés nélkül adtak mindenkinek. Egy darabig hárítottam, de előtte ittam már én is néhány koktélt, túl voltam már egy közös spanglin. Szóval kitört rajtam a kíváncsiság: egy vékony csíkot feltubákoltam. Már szívás közben is köd volt, de mikor végeztem, utána tök homály lett minden. Az első dolog, amit felfogtam, hogy a kertben vagyok a kinti medence mellett, eléggé kivetkőzve magamból, és a baráti házaspár simogatja le rólam a bugyimat. Legalább ötven évesek voltak. Elhánytam magam. Célzás nélkül is jó volt a találati arányom. Ezért lekurvázva otthagytak. Amilyen gyorsan csak tudtam, felöltöztem, és kimásztam a kerítésen. Hányással tarkítva, bukdácsolva értem haza, hajnal négy lehetett. A fogam vacogott, megfürödtem, befeküdtem az ágyba, de még mindig remegtem. Mielőtt elaludtam volna, megfogadtam magamban, hogy velem többször nem fordul ilyen elő.

– És eközben a szüleid?

– Otthon aludtak, tökéletesen megbíztak bennem. Másnap kérdezgettek, főleg anyám, de apám leállította. A mai napig csak két ember tudja ezt a történetet.

– Ki a másik?

– Egy volt pasim, ő használt ezt-azt, neki nem volt kunszt elmondani. Tulajdonképpen azért jártam vele, mert kihívásnak tartottam. Reméltem, hogy majd én leszoktatom.

– És a jelenlegi?

– Gábor? Neki még nem volt alkalmam erről beszélni.

– Aha.

– Miért, szerinted már a bemutatkozást ezzel kellett volna kezdeni?

– Nem mondtam ilyet.

– Gábornál azt érzem, hogy valahogy többet lát bennem. Néha úgy néz rám, mint egy istennőre. Bár mostanában ez ritkul.

– És sikerrel jártál a leszoktatással?

– Mivel?

– A volt pasiddal.

– Ja. Félig. Ahogy kezdett alábbhagyni a lángolás, elkezdett sörözgetni, aztán jöttek a haverok, egyre többet volt velük. Aztán mondtam, hogy meggyógyult, mehet a haverjaihoz. Elég nehezen tudtam rávenni, hogy elköltözzön.

– Albérlet vagy saját lakás?

– Saját.

– És mi lett a nagy elhatározással?

– Én tizenhét évesen szűz voltam még. Ez után az eset után úgy éreztem, hogy hússzal több vagyok. Annyival érettebb és bölcsebb lettem, hogy egy osztálykiránduláson – ez tizenkettedikben volt – az osztályfőnököm tőlem kért tanácsot, hogy mit csináljon a pasijával. Érted? Én akkor, ott azon a bulin nőttem fel. Azóta egyszer sem kerültem hasonló helyzetbe. Nem vagyok bulizós fajta, de ha elmegyek valahova, csak beleszimatolok a levegőbe, megnézem a bandát, és már tudom is, hogy meddig maradhatok.

– Irigyellek.

– Komolyan?

– Zsófi, tulajdonképpen miért jöttél el hozzám?

– Mert jókat hallottam rólad a Katától, ő mondta, hogy keresselek meg.

– És még?

– Valamin változtatnom kell, csak még nem tudom, hogyan.

– Nehéz volt?

– Mi?

– Kimondani.

– Nézd, tulajdonképpen tényleg minden rendben van, de én nem vagyok az a szinglifajta. Ezt biztos te is tudod. Kis túlzással azt mondhatom, hogy bármit elérek. Lehet, hogy pont ez a bajom? Van egy csomó jó ötletem, de az összesben én vagyok a főszereplő, vagy eleve egyemberes. Szerinted ez így oké?

– Apád mit gondol ezekről?

– Nem nagyon beszélek senkinek magamról.

– De apád nem senki.

– Nem, ő tényleg jó fej. Valami megszakadt köztünk...

– Miután elveszítetted a szüzességed. Mikor is... húsz lehettél?

– Ezt honnan tudod?

– Zsófi, mikor sírtál utoljára?

– Nem volt rá okom.

– Mikor nagyanyád meghalt, sírtál?

– Nem sok kellett hozzá. Most mi lesz, sírás-terápiát fogsz javasolni?

– Annyi minden előfordulhat. Jól gondolom, hogy nem mondtad el a szüleidnek az első aktus történetét?

– Jól. Anyám minden hétvégén azt kérdezgette, hogy biztos nem vagyok-e még túl rajta, és aztán elmondta, hogy mire vigyázzak.

– Az előbb azt mondtad, hogy megbíztak benned.

– Inkább csak apám. Pont ezért volt ciki neki erről beszélni.

– Az eltávolodásotoknak csak ez lett volna az oka?

– Tudod, én olyan bújós lány voltam, bár ez nem igaz. Nem az a kis babuci, hanem az a vagány, aki bunyózik az apjával. És amikor elfáradtunk, akkor mindig rajta pihentem egy kicsit. Mikor fősulira jártam, még akkor is előfordult egyszer-kétszer, hogy műbalhéztunk, aztán neki egyre kevesebbszer volt hozzá kedve, így abbamaradt.

– És a buliból a két tapizósnak sohasem ugrott be a képe, mikor apáddal játszottál?

– Nem. Apám nagyon lovagias: játék közben is vigyázott, hogy ne nyúljon kétértelmű helyekre. De érdekes, amit kérdezel, mert az első „igazi" fiúmmal tényleg ezért szakítottam. Pont olyan nyirkos, remegős volt a keze, mikor hozzám ért, mint azoknak. Ha most ezt nem hozod szóba, akkor soha nem jut ez a dolog az eszembe. Szegény Norbi! Így hívták.

– Zsófi, hogy kerültél ebbe a sorsfordító gimibe?

– Ez olyan meseszerű... Na, például ez is olyan, amit nem nagyon szoktam senkinek elmondani. Nagyanyám, mikor megszülettem, kötött egy biztosítást, amit később még átdolgoztatott. A halála után apámék vették fel ezt a pénzt, de nagyanyám megígértette apámmal, hogy a taníttatásomra költik. Ők meg úgy voltak vele, hogy amíg futja, addig a legjobb helyekre járatnak. Így voltam nyaranként Londonban is, Dublinban, és még egypár helyen. Ilyen egyszerű.

– A Gáborral való kapcsolatodban te vagy a domináns?

– Elég nagyokat váltasz.

– Valahogy össze kell, hogy zavarjalak. Egyébként csak arra vagyok kíváncsi, tényleg olyan kemény vagy-e, mint amilyennek mutatod magad.

– Á, szóval te sem tudsz mindent?!

– Vagy azt szeretném, hogy te mondjál ki dolgokat.

– Aha. Te el tudod rólam képzelni, hogy együtt vagyok nyolc hónapja egy fickóval, aki úgy ugrál, ahogy én fütyülök?

– Azt nem, de tudsz olyan frekvencián fütyülni, ami az emberi fül számára nem hallható.

– És akkor Gábor kutya vagy denevér?

– Te minek tartod?

– Egy jó fejnek, aki nagyon sokat változott, mióta együtt vagyunk.

– És te?

– Hát… szerintem én is.

– Tudsz rá példát mondani?

– Például… változtattam az időbeosztásomon, hogy több időt tudjunk együtt tölteni.

– És a személyiségedben milyen változások történtek?

– Kevésbé vagyok követelőző.

– Az voltál?

– Azzal, akit szeretek, néha előfordult már.

– Most úgy érzem, kicsit bujkálsz. Nem finomítanál ezen?

– Csak sikerült összezavarnod. Nem nagyon értem, mire gondolsz.

– Elmondom. Adva van egy huszonnyolc éves nő, aki olyan kemény, mint a csiszolt gyémánt, ráadásul még titánötvözetbe is bezárta magát még kislány korában, hogy ne érhesse semmi baj. Ez a Zsófi-konzerv, amit most már időnként jó lenne kinyitni és belekóstolni. De ha kinyitja, akkor erre más is képes, és ez félelmetes, mert veszélybe kerülhet a „gondtalan" élete. Nem akar azon izgulni, hogy a romantikus, sérülékeny kislányt mikor érheti baj. Majd egy adott kérdésre, hogy ő-e a domináns, elkezd másról beszélni. Jól látom, vagy igen?

– Erre most mit mondjak?

– ???

– Jó, akkor Gábor. A pasas azért más, mint a többiek, mert el tudja hitetni velem, hogy vannak titkai. Nem valami kompromittáló, hanem ami nincs benne a viselkedésében. Váratlan dolgok, apró kis gonoszságok, de nem rosszak. Néha még arra is képes, hogy azt érezzem, naponta tud újabb meglepetéseket arra a hátralévő ötven évre. Szeretem az illatát, olyan tiszta szaga van, nem a sprayjének, neki. Eszméletlen, ahogy tud nézni az emberre, tud hallgatni is. Jó az ágyban. Van munkája. El lehet vele menni társaságba…

– És miért szeret téged?

– Ezt tőle kellene megkérdezned.

– Mégis, mi a fantáziád róla?

– Ezt hogy érted?

– Oké. Te vagy Gábor. Mit szeretsz ezen a nőn?

– Hát, hogy nem az a buta szőke, jó az alakja, jó vele az ágyban, határozott, vannak saját ötletei, tisztességes, tud hülyülni is, megbízható, meg ilyesmi.

– Rendben, köszi. Milyen Gábor, ha valami rossz hírt kap?

– Nem sűrűn szokott előfordulni, talán elnyom egy vazzét, egy darabig feszült, vagy inkább elgondolkodó.

– Ühm. És milyen akkor, amikor te hirtelen programot váltasz?

– Érződik rajta a sértettség, de nem erőszakoskodik. Mellesleg az én programváltásaimmal nem szokott rosszul járni. Tehát alapból nem lehet különösebben kiakadva.

– Gondolod?

– Figyelj, ha ő is jól érzi magát, vagy jobban jár, akkor mi a gáz?

– Lehet, hogy semmi. Leginkább attól függ, hogy te hogy reagálsz az ő váltásaira?

– Nem biztos, hogy olyan jól, mint ő. De fontos, hogy mindenben hasonlítsunk egymásra? Nem az ellentétek vonzzák egymást?

– Szerintem te szeretsz vezetni, és valószínűleg jól is tudsz. Hogy élnéd meg, ha ötleteket adnának, hogy mit csinálj, mikor rakd kettesbe, meddig húzasd ki, vagy ilyesmi?

– Azért ez nem ugyanaz. Különben nem sokáig ülne mellettem.

– A példa lehet, hogy sántít, bár nekem egyre inkább úgy tűnik, hogy az autó nemcsak a férfiak meghosszabbított nemi szerve lett. Mindegy, térjünk vissza. Megfogalmaznád nekem, mit jelent a kapcsolati dominancia a te értelmezésedben?

– Ah, már megint.

– Ha gond, beszélhetünk másról is.

– Nem, csak annyi mindenről volt szó. Eléggé kavarodik bennem minden. Lehetne azt, hogy a következő alkalommal térjünk vissza rá? Ígérem, akkor majd mindenféle dominanciáról fogok beszélni.

– Persze, semmi baj. Akkor vegyük úgy, hogy ez lesz az egyik házi feladatod.

– Ja. Mondta Kata, hogy ilyeneket szoktál csinálni. Van más is?

– Igen, lesz, de még egy-két kérdést szeretnék feltenni. A szüleid kapcsolatának a gyengülése egybeesett a te és apád kapcsolatának gyengülésével?

– Hű, ez egy jó kérdés. Te ezt honnan tudod? Na jó, mindegy. Igen, a főiskola alatt kezdődtek a balhék. Mintha apám egyre nehezebben viselte volna, hogy anyám mindenbe beleszól…

– Mit nem mondasz! Anyád ilyen beleszólós típus lenne?

– Hát, régebben nem volt annyira direkt, vagy csak nekem nem tűnt fel – engedte el a füle mellett a gyenge iróniát.

– És apád talált magának valakit.

– Tényleg?! Vagy ezt most csak úgy mondod? Mindenesetre én nem tudok róla. De éppen lehet is, mert anyám pár éve panaszkodott, hogy apám nem sűrűn keresi fel nászi ágyukban.

– Öcséd még velük lakik?

– Á, nem. Ő koleszos Debrecenben.

– Milyen a kapcsolatotok?

Ritka, de tök jó. Ő olyan nagy gyerek. Mindig belemászik valamibe, és akkor jön hozzám, hogy „segíts, Zsó!".

– A szüleidről mi a véleménye?

– Erről nem szoktunk beszélni, de apámmal nem jött ki olyan jól, mint én. Anyám meg túl sokat várt tőle.

– Most egyetemre jár, nem?

– De.

– Akkor elégedettek lehetnek vele.

– Ő nem így érzi.

– Oké. El tudnád mondani, hogy hol következett be Gáborral a kapcsolatotokban törés?

– Én nem mondtam ilyet. Sehol!

– Oké. Megtennél valamit? Hunyd be a szemed, helyezkedj el kényelmesen, és próbáld magad elé képzelni azt, amit mondok!

– Úgy érzem, most nem vagyok alkalmas erre a hipnózisra.

– Ennek örülök, mert velem ilyet nem is kell átélned. Egyébként, a hipnoterápia zavarna?

– Most igen.

– Mit gondolsz, sok olyan titkod van, ami meglepne?

– Nem hiszem.

– Hogy jutottatok el Katával, hogy szóba kerültem? Te kérdeztél rólam, vagy ő javasolta, hogy keress meg?

– Utóbbi.

– Szóval?

– Dumálgatunk mindig erről-arról, Gáborról, meg úgy általában a férfiakról. Nem szeretném Gábort elveszíteni, de pár hónapja mintha felszínesebb lenne. Nem vitatkozunk, de ha néha valamiben nem értünk egyet, akármilyen kis piti ügyről legyen is szó, nem néz rám. Kedves, de visszahúzódó, mintha megsértődne. Mindenre válaszol, még készségesnek is mondható, de nagyon távoli ilyenkor. Kata mondta, hogy beszéljek vele. Megtettem. Azt mondta, hogy higgyem el, hogy ilyenkor neki semmi baja, csak azért ilyen, mert nem szeretné, ha valami szaftos veszekedést összehoznánk.

–És ez baj?

– Hát... ez önmagában még nem annyira.

– Mi a gáz?

– Ez a viselkedése kezd minden területen eluralkodni.

– Példa?

– Nézd, én nem vagyok oda az izomagyú macsókért, de szükségem van arra, hogy a pali, akivel együtt vagyok, bírja a gyűrődést, de ha valami baromságot gondolok vagy mondok, akkor rakjon helyre.

– Lehet, ő sem szeretne elveszíteni.

– Az a gond, hogy ez a visszafogottsága kezd átterjedni az ágyra is.

– De ez egy olyan dolog, amiről nem szívesen beszélsz.

– Nem azért, mert nem akarok, csak nehezen lehet ezt jól elmondani.

– Aha.

– ...

– Mióta érzed azt, hogy már nem olyan jó vele, mint volt?

– Jó vele. De az igaz, hogy néha már olyan sablonossá vált az együttlétünk.

– Nemrég azt mondtad, hogy tele van titokkal, hogy mindig tud valami újat adni. Akkor hogy van ez?

– Látod, erre mondom azt, hogy nem egyszerű erről dumálni.

– Zsófi, lenne egy ajánlatom. Te most becsukod a szemed és minden egyes apró részletet elmondasz, amit odabenn látsz. Ha nem megy, akkor legközelebb folytatjuk. Elfogadható?

– Oké

– Egy étteremben vagytok, nem különösen nagy ünnep, csak úgy spontán beültetek. Megvan?

– Ühm.

– Szemben ültök egymással, beszélgettek. Fogja a kezed, rád néz? Szól a mobilja? Ő rendel neked is? Mit látsz?

– Igen, rám néz, de nem mosolyog. Ha mégis, inkább fanyarnak tűnik. A kezemet nem szokta fogni, talán néha hozzáér, mikor magyaráz. Előbb én rendelek magamnak, aztán ő.

– Hogyan ül? Fesztelenül, vagy rázza a lábát, esetleg dobol az ujjaival? Nézegeti a körülöttetek lévőket?

– Nem rázza, nem dobol. Néha szándékosan én szoktam megrúgni, de ő elhúzza a lábát, mintha véletlen lett volna. Ha többször csinálom, megkérdezi, hogy miért nem tudok nyugton maradni. Többnyire nem válaszolok, lerúgom a cipőm, lecsúszom a széken, és a talpammal végigtapogatom a lábát. Ezen azért már ő is szokott vigyorogni, de láthatóan kényelmetlen számára.

– Mindig az volt, vagy ez is csak egy ideje van így?

– Pár hónapja vettem ezt észre, hogy olyan, mintha kívülről folyamatosan figyelné magát.

– Talán az ágyban is ezt érzed?

– Ühm, talán eddig ez a legjobb megközelítés; mintha nem mindig lenne ott.

– Ez most nehéz lesz... vissza kellene emlékezned, pontosan mióta van ez így! Milyen alkalomhoz köthető?

– Á, ez biztosan nem fog menni.

– Oké. Ha akarod, kinyithatod a szemed. Mára végeztünk.

– De... nem mondasz semmit? Most ebből mit tudtál meg?

– Kényelmetlenül érezted magad közben?

– Nem.

– Ennek örülök. Mit tudtam meg? Ezt beszéljük meg a következő alkalommal. A következőket szeretném kérni: itt van ez a táblázat, kérlek, felülre írd azt, hogy az ideális férj...

– Férj? De én nem akarok férjhez menni.

– Tíz olyan jellemző belső tulajdonságot írjál le, amit egy ideális férjről feltételezel! Oké?

– Most?

– Igen. Ha lehet, ne sokat gondolkodj, ami elsőként eszedbe jut, azt vésd le!

Pár perc után.

– Ezt most, kérlek, add ide, erről is legközelebb fogunk beszélni. A következő feladat, hogy mindennap írjál magadról legalább kétszáz szót. Tulajdonképpen mindegy, hogy miről, de jó lenne, ha aznapi friss élményeidet, érzéseidet tudnád megfogalmazni. Nagyon fontos, hogy ne olvasd vissza, még egy betűt sem belőle. Nyugodtan használj obszcén szavakat, ahogy éppen jólesik. Ha kész vagy, tedd be egy borítékba, és később se nézd meg. Rendben?

– Oké. És te megnézed?

– Rád bízom. Sokat használna, ha láthatnám. Elsősorban az írás változása miatt is. És lenne még valami: teremtsd meg magadnak azt a nyugodt helyzetet, hogy naponta tíz percet az előbbihez hasonló imaginatív állapotban tölthess el! Nézd vissza magadban pár hónappal ezelőtti események fotóalbumát, hátha ráakadsz valami fontosra. Jól figyeld meg a képeket. Tudom, hogy meg fogod találni azt a napot, amiről beszélnünk kell majd. Esetleg gondolkodj el azon, hogy Gábort milyen mértékben kívánod beavatni, de szerencsés lenne látnom az ő írását is. Rendben?

– Nem szeretném Gábort belekeverni.

– Oké. Hogy érezted magad?

– Furcsa volt. Tényleg úgy tűnik, hogy nagyon sok mindent tudsz rólam. Különben jól éreztem magam. Szerinted tudsz segíteni?

– Azon, hogy ne minden fiúval ez történjen fél éven belül? Nem. Abban tudok, hogy meglásd, min kell változtatnod.

– Szóval velem van a gáz?

– Ugye ezt nem azért kérdezed, hogy meggyőzzelek, hogy milyen jó fej vagy? Szerintem nem ezért jöttél hozzám. Oké, akkor sok sikert a kincsvadászathoz. Jövő héten találkozunk. Szia.

Gábor akkor keresett meg, amikor Zsófi hatodszor volt nálam. Kaptam tőle írást, láttam, éreztem, hogy nem lesz könnyű eset; még nagyon messze van attól, hogy változtasson az életén. Sokkal inkább a külső segítségben bízik, mint abban, hogy ő lépjen. Az a fajta kisgyerek, akinek fáj a torka, sír, hogy milyen rossz neki, de nem engedi, hogy a doktor bácsi megnézze, erővel kell kinyitni a száját. Már, ha erre kapható a doktor bácsi.

Gábor

– Mikor felhívtál, megleptél kissé.

– Zsófi nem mondta, hogy keresni foglak?

– Az a tapasztalatom, hogy csak ritkán szokott az ilyen előzetes bejelentés valóra válni. Neked sem lehetett túl egyszerű elhatározni magad.

– Sok új dolog van körülöttem, gondoltam, eggyel több már nem sokat számít.

– Azért ehhez egy kicsit nagyobb inspiráció kellett.

– Persze, kíváncsi is voltam.

– Miért?

– Engem elég sok minden érdekel.

– Például.

– A misztikus dolgok, az ezotéria…

– Ezért akar Zsófi elválni tőled?

– El akar válni? – kérdezi elképedve.

– Nem, csak szórakozom. De nem érzed úgy, hogy az ilyen irányú érdeklődésed nem túl férfias dolog?

– Nem mindenki tud róla.

– Most megint csak kóstolgattalak. Te mindent ilyen komolyan veszel?

– Nem azért jöttem, hogy itt humorizálgassunk.

– Te nem szoktál mással szórakozni?

– Nem, nem hiszem.

– Akkor most miért teszed?

– Nem értem, mire gondolsz.

– Gábor, hány ezotériával foglalkozó könyvet olvastál?

– Négyet, ötöt biztosan.

– Melyikre emlékszel?

– Dänikennek az egyik könyve tetszett a legjobban, de nem jut eszembe a címe.

– Látod, erre gondolok. Mi a kedvenc időtöltésed?

– Azt hittem, te fogod elmondani, hogy mit tudtál meg rólam.

– Csalódtál?

– Nem pont erre számítottam. Mikor fogunk az írásomról beszélni?

– Eddig is ezt tettük. Ezek szerint Zsófi nem sok mindent mondott el. Szeretném ismét megerősíteni, hogy amiről veled beszélek, arról harmadik személy csak a te engedélyeddel fog tudni. Természetesen Zsófinak ugyanezt ígértem. Mindezt azért kell elmondanom, hogy ne azért bízz bennem, hogy Zsófi elfogadjon, hanem azért, mert elhiszed, hogy tudok segíteni közös dolgaitokban. Ehhez egyetlen nagyon fontos dologra van szükség...

– Igen?

– Az őszinteségre.

– Én abszolút az vagyok.

– Szerintem is... kivéve az előbb, amikor azzal jöttél, hogy te odavagy az ezotériáért.

– Valóban érdekel, csak nem olyan mélyen.

– Jó, hagyjuk. Beszéljünk inkább arról, hogy mikor kezdett el zavarni, hogy mindig olyan tiszta, ápolt kiskrapeknak kellett lenned.

– Tény, hogy anyám mindig ügyelt a megjelenésemre, de ez engem nem zavart.

– Nem háborogtál magadban egy kicsit, amikor egy nap kétszer kellett fürödnöd, közben egész nap a lakásban voltál?

– Miért téma ez?

– Hogy elhidd végre: olyan dolgokról is tudok, amiről a Zsófi soha nem is hallhatott.

– Valóban, ezeket honnan tudod?

– Hát ez az. Visszatérhetünk a gyerekkorodra?

– Térjünk.

– Szóval, mikor rúgtad fel a bilit, vagy megmaradtál örök *látszat* lázadónak?

– Arra gondolsz, hogy még ma is anyám irányít?

– Te így gondolod?

– Szó sincs róla. De egy darabig az történt, amit ő akart, nem?

– Igen, de ez természetes. Minden gyerek nagyjából hasonlóan működik, nem?

– Persze. Most milyen a kapcsolatod anyukáddal?

– Teljesen normális... szerintem.

– Együtt laksz még a szüleiddel?

– Félig-meddig. Most már szinte Zsófival lakom.

– Szinte!?

– Hét közben előfordul, hogy egyszer-kétszer otthon alszom.

– Miért?

– Hát, amikor a haverokkal megyek bulizni, éjjel már nem akarom Zsófit felkelteni.

– Buli?

– Fallabda, biliárd meg ilyesmi, csajok nélkül.

– Ki a legjobb haverod?

– Most mondjam a nevét?

– Nem föltétlen, inkább azt, hogy mióta tart a barátságotok, és mi tart össze benneteket?

– Ez biztosan jó kérdés, de fogalmam sincs.

– Ebből én arra következtetek, ha anonim barátod eltűnne az életedből, nem nagyon zavarna.

– Jenőnek hívják egyébként, és valóban lehet, hogy nem hiányozna különösebben.

– Akkor miért vagy vele?

– Mert jókat tudunk együtt dilizni, és meg lehet dumálni vele egy-két fontos eseményt.

– Példa?

– Jól vesszük egymás beköpéseit, azonos dolgok érdekelnek, kocsiban, zenében, filmekben... meg ilyesmi.

– Tudnál három jó tulajdonságát mondani?

– Nagyvonalú, tiszta, kreatív.

– És ha őt kérném meg, hogy mondjon három rád jellemző dolgot, mit mondana?

– Megbízható, nyugodt, humoros.

– Ezek közül melyik tulajdonság azonos anyukádéval?

– Hm, ez megint egy jó kérdés.

– Tudok még egypár ilyet.

– A megbízható, de ez anyámra még sokkal inkább jellemző.

– Zsófi melyik tulajdonságodat díjazza a leginkább?

– Miket tudsz kérdezni?! A lojalitásomat.

– Ezt komolyan mondod? Egy fiatal bombázónak ez lenne a legfontosabb a pasijában? Ugyanarról a nőről beszélünk?

– Miért, ő mást mondott?

– Lehet, hogy még mindig nem világos. Ha ő ül itt ebben a székben, róla beszélünk, ha te, akkor rólad. Vannak kérdéseim, amelyek a másik féllel kapcsolatosak, de természetesen a válaszokat nem beszélhetem meg. És, ami még ennél is fontosabb, a te érzéseidre, gondolataidra vagyok kíváncsi. Oké?

– Nézd, egy kapcsolatban gyakran előfordul, hogy a felek nem mindig ugyanazt akarják, ilyenkor szükséges valamiféle kompromisszum. Erre pedig csak akkor képes az ember, ha van benne lojalitás.

– Lehet, hogy igazad van. Egyébként mindig ilyen választékosan és tisztán fogalmazol?

– Nem szeretném, hogy beleköss a szavaimba.

– És lám, mégis ezt teszem. Vajon miért?

– Talán, mert ilyenek a módszereid.

– És ez zavar?

– Egyelőre várom, hogy mi sül ki belőle.

– Zavar?

– Kit nem zavarna, ha igyekszik az ember a legnormálisabban válaszolgatni, és láthatóan mégsem jó?

– Gábor, leírnád nekem – mintha én itt sem lennék –, hogyan foglalsz helyet a széken? Tudod, ilyen élő közvetítés a Városi Színházból.

– Hogyan... na, jó. Gábor az asztalon támaszkodik két alkarjával, ujjait összefonja, fejével előrehajol, lábait maga alá húzva bokában keresztbe fonja.

– Ez tökéletes. Ez tényleg olyan, hogy ha nem látnám, akkor is el tudnám képzelni. És most tételezzük fel, hogy egy próbán vagyunk, és a rendező a következő instrukciókat adja: „Gábor, nyugi van, dőlj hátra, engedd el magad, a karjaidat és a lábaidat lazán nyújtsd el, mintha otthon lennél. Ez nem egy krimi, ez csak egy laza kis teleregény. Oké?"

– Értem. Valóban kissé feszülten érkeztem.

– Mi történt?

– Semmi különös...

– ...

– Zsófi tényleg az a kiscsaj, akire szükségem van, ráadásul mióta hozzád jár, sokkal harmonikusabb – már a viselkedésére gondolok. Sokat hülyül mostanában is, de valahogy komolyabb vagy érettebb lett. Úgy érzem, mintha kezdenék lemaradni. Néha csak rám néz és mosolyog, de nem az ágyba hívogatós módon, ez olyan titokzatos és bölcs. Egyébként is olyan méltóságteljes, de ettől még inkább azzá válik. Ha kérdezem, hogy miről beszéltek, vagy mi történik itt, akkor azt mondja, hogy ő tök jól érzi magát. Sokat köszönhet neked, és menjek el, nézzem meg, ha kíváncsi vagyok... A feszültséget az okozza, hogy nem tudom, hogy áll velem, kicsit elbizonytalanodtam. Ha nem jövök el, elveszíthetem; ha eljövök, akkor magamról kell beszélni, amit nem különösebben szeretek... Az embernek a problémáit magának kel megoldania. Az elég elképzelhetetlen, hogy valaki kívülről tudjon segíteni, ráadásul úgy, hogy minden apró dolgába beleturkál... ez valahogy nem életszerű.

– Köszönöm. Jólesett?

– Mi?

– Hogy ezt elmondhattad.

– Kicsit kényelmesebben érzem magam.

– Gábor, mit jelentett a többi lány? Gondolom, bőven el voltál eresztve.

– Semmit. Illetve, amikor együtt voltam velük, akkor mindig azt gondoltam, hogy ez így kerek, de mikor eljöttem tőlük, a kapualjban már néha a nevükön gondolkodtam.

– De volt hosszabb kapcsolatod is, nem?

– Persze, de a lényegen nem változtat: csak kényelmi szempontból voltunk együtt. Minden könnyebb egy kicsit, ha van partnered.

– És ezt meguntad?

– Nem, Zsófira akkor is emlékszem, ha nem vagyok vele. Sőt, ha a haverokkal vagyok, akkor is arra gondolok, hogy most mit csinálnánk együtt.

– Hát igen, szar dolog ez a szerelem.

– Ezt megint humornak szántad?

– Nem, mély együttérzésemnek kívántam helyt adni. A többi lány között nem volt egy Zsófi sem?

– De. Volt közöttük értelmes is, karosszériára is megfelelő, csak... nem tudom, amikor már nap mint nap vele voltam, besokalltam.

– Nem lehet, hogy azért, mert kiderült, hogy mind olyan közönséges?

– Mit értesz ezen?

– Nem tudom, ez csak egy tipp volt.

– Közönséges... ezeket a szavakat akár anyám is mondhatta volna.

– By the way: anyukádat láttad meztelenül?

– Soha, nagyon ügyeltek arra, hogy az intim szférájukat ne mutogassák.

– És tilos volt „csúnyán" beszélni otthon.

– Igen, de gondolom, ez minden intelligens családnál így van.

– Ez intelligencia kérdése, vagy társadalmi elvárás?

– A kettő nagyon közel van egymáshoz.

– Az állatok között beszélhetünk intelligenciáról?

– Némelyiknél...

– Bocs, nem is ezt akartam kérdezni. Evés közben ledugni egy lúdtollat, és egy normálisat hányni, az intelligencia kérdése?

– Tudom, hova akarsz kilyukadni. Persze, minden kornak és népnek megvan a maga etikettje, de nekem tökmindegy, hogy beleillik-e vagy sem, ha egyszer valami undorít. Egyszerűen nem tudom elfogadni.

– A dugás intelligens dolog?

– Az attól függ, hogy kik és hogyan csinálják.

– Ezt úgy gondolod, hogy neked van erre egy forgatókönyved?

– Persze, hogy nem. De rengeteg szép dolgot lehet beletenni. Ahogy azt illik; pezsgő, gyertyafény, halk zene stb. Miért, nem minden szakember ezt tanácsolja?

– De. Sajnálatosan azt már kevesen teszik hozzá, hogy próbáld elfogadni azt a tényt, hogy egy menstruációs tampon az nem *szennyes*, csak véres. Hogy a szülés rohadtul nem intelligens, inkább fájdalmas, és szintén nem szennyes – hogy már megbocsáss – a szar sem. Hm, hogy vagy te ezekkel a dolgokkal?

– Ezeket én mind tudom.

– Oké, akkor lenne egy házi feladatod. Nem is, kettő. Először is vedd végig gondolatban azokat a csajokat, akik majdnem annyit jelentettek, mint Zsófi, és próbálj meg visszaemlékezni, hogy hol pattant el a húr. A másik... itt van ez a táblázat, írj bele olyan belső tulajdonságokat, amit egy ideális anyáról tartasz. Érted a feladatokat?

– Igen, rendben van.

Pár perc után.

– Kész vagyok.

– Oké. Köszi. Akkor én ezt elteszem, és ha legközelebb jössz, ezzel fogunk foglalkozni. Lenne még egy kérdésem. Az elején azt mondtad, hogy téged érdekelnek az ilyen misztikus dolgok, meg az ezotéria. Ezt azért mondtad, hogy megbánts, vagy ennyire nem tudtad, hogy hova jössz?

– Nem tudom, nem gondolkodtam rajta... de most, hogy így szóba hoztad, valóban van, vagy volt valamilyen előítéletem, amit nem tudtam hova tenni.

– És most?

– Nem mondanám, hogy minden tetszik abban, amit csinálsz, de most már látom, hogy Zsófi miért kezdett el *másképp* gondolkodni.

– Ez még nem a szoborállítás ideje.

– Nem is annak szántam.

– A havercsókákkal is ilyen választékos vagy? Jenő szerint jó a humorod.

– Otthon és idegen környezetben igyekszem viselkedni, de a saját körömben tudok nagyon laza és hülye lenni. De most ne mond, hogy „példa?"! Nincs kedvem ezen gondolkodni, másrészt, ezeket a dumákat nem könnyű visszaadni.

– Oké. Nem mondom, hogy példa, de mennyit lát ebből a Gáborból Zsófi?

– Miért kéne nekem vele úgy viselkednem, mint mondjuk Jenővel?

– Nem tudom. Mi a véleményed a természetes viselkedésről?

– Az olyan, amikor az ember megengedheti magának azt a luxust, hogy úgy viselkedjen, ahogy érez.

– És még?

– Szerintem csak ennyi.

– Tételezzük fel, hogy ennyi. Te mindig úgy viselkedsz, ahogy az érzéseid diktálják?

– Ez szerintem félremagyarázása annak, amit mondtam.

– Pont azért kérdeztem, hogy mivel tudnád kiegészíteni, mert én is úgy éreztem, hogy ez még finomításra szorul. Szóval?

– Vannak helyzetek, amikor az érzései szerint cselekedhet az ember, és van olyan, amikor ez nem nagyon tanácsos.

– Most mégis mondanom kell, hogy példa.

– Tartottam tőle. Ha olyan közegben vagyok, ahol az a kúl, ha minél hangosabban röhögsz, ott én sem fogom vissza magam. De ugyanezt moziban már nem teszem meg. Vagy ha a főnököm éppen arról beszél, hogy romlottak az eladási mutatóink, nem fogom bénán a falat bámulni, hanem igyekszem a testbeszédemmel és a nézésemmel meggyőzni arról, hogy én mellette állok a *harcban*. A világon mindenki így csinálja, nem?

– Lehet, én a világnak csak nagyon kis szeletét ismerem. Szoktatok ilyen dolgokról beszélni a sorstársaiddal?

– Nem. Miért kéne evidens dolgokról beszélni?

– Talán azért, hogy az energiáid ne arra menjenek el, hogy mindig kurva meggyőző legyél. Azt már meg sem kérdezem, hogy Zsófival szoktál-e ilyen dolgokról beszélni.

– Vele főleg nem.

– Hú... ezt magyarázd, mert kezdek fonalat veszíteni, bár lehet, hogy te úgy érzed, hogy *feszíteni!*

– Egy párkapcsolaton belül nem tök fölösleges ilyesmin agonizálni, hogy különböző helyzetekben hogy viselkedünk?

– De... azoknál, akik mindig, minden körülmények között magukat adják.

– Mennyivel lesz jobb a csajomnak, ha vezetés közben két kézzel verem a kormányt, mert egy faszfej bevágott elém, vagy ha tévézés közben úgy röhögök, hogy leesek a hencserről? Mindkettő épületes látvány lenne. Halálbiztos, úgy belém zúgna, hogy le sem tudnám vakarni. Ezt szeretnéd?

– Szerintem sokkal fontosabb, hogy te mit szeretnél. Mindenesetre köszönöm, hogy abban a különleges élményben lehetett részem, hogy egy rövid időre fellebbentetted az arcodról a kapucnit. Ha érdekel a véleményem, ettől csak nőttél a szememben.

– Gondolom.

– Ne légy kishitű, az előbbit komolyan mondtam.

– Miért, a többit nem?

– Óh, ismét egy meglepi; még iróniára is telik neki. Oké. Most már nyugodtan hátradőlhetsz, vége a kínzásnak. Relax.

– Oké. Végül az írásomról mégsem beszéltünk.

– Most ismételjem magam?! De tudod mit? Nálam ez a beetetés. Ezzel érem el, hogy a következő alkalommal is elgyere.

– Jó, ez öngól volt.

– Szerintem is. Na de, adnék én néked még egy kis házi feladatot. Kérlek, hogy minden este írj az érzéseidről, lehetőleg két oldalnál ne legyen kevesebb!

– Gépbe?

– Nem, a saját kezeiddel. A lényeg: nincs tabu, bármiről bármilyen szakadt stílusban írhatsz, csak a gondolataidra koncentrálj! És soha ne olvasd el, hogy mit írtál, még az utolsó szót sem! Rendben?

– Ühm. Ez egyébként mire jó?

– Ez az, amit a következő alkalommal beszélünk meg. Egyébként hogy érezted magad?

– Hát... jól.

– Ahhoz képest, hogy legalább háromszor gondoltál rá, hogy most felállsz és elmész a pébe, nem túl hosszan fogalmaztad meg.

– Jó, majd én is legközelebb vezetem elő, vagy leírom. Egyébként ez ennyire látszott?

– Nem. Nagyon jól tudsz uralkodni magadon. Nyugi, csak blöfföltem.

– Szabad olyat neked?

– Oh. Még egy sziporka. Oké, most komolyan. Semmi sértőt nem mondtam, vagy tettem veled?

– Nem.

– Kérdésed?

– Lenne, de még ezeken dolgozom egy kicsit.

– Jó. Akkor sok sikert *önmagadhoz*. És még egy kicsi kis kiigazítás: Däniken a sci-fi irodalom jeles képviselője, nem az ezotériáé.

E.E. CUMMINGS

magammal hordom a szíved...

magammal hordom a szíved (a szívemben él
a szíved) el sose hagy már (bárhova kell
mennem jössz velem angyalom, bármi is ér
általad ér te drága)
nem érdekel
a sors (hisz te vagy a sorsom édes) jobb világ
se kell (hisz nincs világ tenálad szebb s igazabb)
s bármit mondott is volna eddig a holdvilág
s bármit dalolna a napsugár az is te vagy
ez az a mélységes titok mit senki sem ért
(ez a gyökér gyökere a bimbó bimbaja
s az élt fája egének ege; mit a szív remélt
s az elme rejtett túlnövi azt ez a fa)
s ez a nagy csoda mely csillagot csillagtól elkülönít
magammal hordom szíved (a szíved hordja e szív)

(Kálnoky László fordítása)

BOGLÁRKA

Minden attól függ, hogy amikor gyermekként vágyaidat kifejezésre juttattad, a környezeted miként reagálta azt le. Sikerült-e elsajátítanod, hogy vannak azok a vágyak, amelyek elérése tőled függ – a környezeted legfeljebb drukkol, hogy sikerrel járj –, és vannak azok, amiknek a megvalósulása részben vagy egyáltalán nem függ tőled. Hogy hol van az a határ, ahol joggal várod el a sikert, és hol az, ahol csak reménykedhetsz, és a megvalósulást – szebben: beteljesülést – a szerencsének tulajdonítod (bár beszélgetéseinkben a „szerencse" külön faktort képez), és ennek megfelelően örülsz is, azt nem tudom. Lehet, hogy nem is fontos kérdés.

A dolog úgy kezdődik, hogy kalimpálsz a kezeddel a kiságyban és látsz is egy vonzó rózsaszínű foltot (a mama hasában pont ilyen színű volt a világ), amit szívesen megtapogatnál vagy a szádba vennél, ezért megfordul a fejedben: jó volna elérni, de mozgásod még nem célirányos, csak úgy csápolsz a levegőben. Akinél ez a bizonyos tárgy van, beszél – feltehetően hozzád, mert amikor egymás közt beszélnek, nem ilyen a hangszínük. Hát akkor kommunikáljunk! – mondod magadnak, s mosolyogsz. Mit mosolyogsz… teli szájjal nevetsz (ilyenkor még nem szégyen így üdvözölni valakit), mozgásodat fokozod, ettől izgatottnak látszol. És a hatás nem marad el. Kezedbe helyezik az első rágicsálót – amit később, ha nő a fogad, nagyon fogsz szeretni –, és természetes fogóreflexednek köszönhetően pont úgy tartod a szemed előtt, mintha tüzetesen nézegetnéd. És hogy pontos különbséget tudjál tenni a puha, tejszagú cici között, megpróbálsz minél nagyobb felületet a szádba tornázni belőle. Eközben elégedett torokhangon gurgulázol, csodálóid örömére. Miután sem tej, sem melegség nem árad belőle, kezded megunni, és megkísérled eldobni, ha lehet, minél messzebbre, de jól működik a fogóreflexed, így egy nagyon aktív mixerfiúra hasonlítasz, és környezeted megint elalél, hogy „milyen ügyesen rázza, és hogy élvezi". Végre sikerül eldobnod – szerinted jó messzire – és hangosan nyafogsz, hogy valami élvezetes dolgot adjanak most már a kezedbe, ami tejből van és meleg. De csalódásod egyre növekszik, mert visszaerőltetik a kezedbe azt a valamit, amitől az előbb olyan szerencsésen megszabadultál. Újra megpróbálsz tejhez jutni, hátha az előbb rossz helyen kerested, de rájössz, hogy kutyából nem lesz szalonna, és megint megpróbálod eldobni, csak most már indulatosabban. Mit tagadjuk, sírni kezdesz elkeseredésedben, hogy ilyen egyszerű dolgot sem értenek meg: nem kéred azt a valamit, becsapottnak érzed magad.

Aztán a lágyabb hangú azt mondja: vegyük fel, a másik pedig: adjuk neki a csörgőt, az biztos tetszeni fog neki. Ezen elvitatkoznak, míg te egyre elkeseredettebbé válsz. Sírásod fokozódik, amitől azt gondolják, hogy fáj a hasad, és megitatnak valami langyos, ánizsos lével. Szíved szerint ezt is kiköpnéd, de azt gondolod, hogy ez a cicihez hasonló dolog jó, mert megnyugszol tőle, és még az sem kizárt, hogy először ez jön belőle, később meg finom tejecske. Ezért jókat húzol belőle. Aztán a várva várt tej nem jön, és hogy békén hagyjanak, úgy csinálsz, mintha elaludtál volna. És ekkor halkan sustorogva kimennek. Végre zavartalanul kinyithatod a szemed, és nyugodtan nézelődhetsz, minden árnyékfoltot külön-külön, és jó sokáig. Végre megelégedetten elengedheted magad.

Ekkor tanultad meg, hogy empatikusnak kell lenned a környezeteddel, mert különben nem fogsz velük egyről a kettőre jutni. Pedig még nagyon sok közös év áll előttetek.

Az idegrendszer alapvető feladata, hogy irányítsa a szervezet működését, biztosítsa a környezeti hatásokhoz való alkalmazkodást, és nem utolsósorban a központ és a perifériás területek összehangolt együttműködését.

Normális fejlődést feltételezve 0-3 éves kor között a legintenzívebb a tanulás. Ez idő alatt kezdődnek el a test-tudatos tevékenységek és a kognitív tanulás. A tudás megszerzése egyrészt mintakövetés alapján, másrészt introspektív módon történik. És elsősorban, mint meghatározó közeg, a családon keresztül.

Ilyen szempontból lényeges, hogy az érzelmi intelligencia, az empátia milyen helyet foglal el a család értékrendjében.

Ötéves voltam, mikor apai nagyapámékhoz költöztünk. Addig hétvégenként találkoztunk, utána ők vigyáztak rám, mikor anyám délutános volt a gyárban, apám meg huszonnégyórázott. Nagyapám igazi jóember volt, szerették a nők és a gyerekek. Szerette a fákat és az állatokat, némelykor, ha nem hallották sokan, beszélgetett velük. Volt egy öreg szilvafa a kertben, én már akkor sem szavaztam volna neki hosszú életet – a törzsén több lyuk volt, mint fa –, de ő mindig kezelgette, ápolgatta, így még némi kis termést is ki tudott erőlködni magából. Amikor nem láttak, kivettem a cipőpucoló kést – teljesen életlen volt –, és elkezdtem faragni vele a fát. A dolog nem maradt észrevétlen; nagyapám odajött hozzám, felemelt és azt mondta:

– Fáj ez a fának.

Bár nem készültem rá, mégis volt kész válaszom.

– Nagyapa is szokta a kacorkéssel sebezni a fát. (Magáztam a szüleimet.)

– Csak én hallom, mikor megköszöni. Mint mikor anyád levágja a körmöd vagy a hajad. Ugye, az neked sem fáj? Gyere, hallgasd csak meg, mit mond most a fa!

És karján úgy emelt meg, hogy a fa lombja simogatta az arcom. Emlékszem a keser-fanyar illatára, és ahogy a nap fénye legyezőszerűen végigsimított az arcomon, és még valamire; mintha valaki vagy valami azt suttogta volna: „köszönöm”. Akkor, ott elhittem, hogy a fa volt.

Tíz évvel később, pályaválasztáskor mehettem volna „jobb” iskolába is, de dísznövénykertész szakmunkás sulit választottam.

Nyolcéves voltam, mikor nagyapám meghalt. A vele eltöltött évek alatt a legjobban azt szerettem, mikor apámmal dolgoztak együtt, és én ott lehettem, „segíthettem” nekik. Ha beszélgettek is munka közben, soha nem az volt a téma, hogy egyiknek vagy a másiknak mit kell csinálnia a következő pillanatban. Pontosan tudták a feladatukat olyan helyzetben is, ami új volt, nem lehetett rutinból megoldani. Szervezettek és logikusak voltak. Ez a játék engem nagyon vonzott, a legfőbb motivációm – később is – apámmal való együtt munkálkodásra, hogy mi is így értsünk egymás „nyelvén". Rájöttem a titkukra: miközben bármiről is beszélgettek, nagyon erősen koncentráltak egymásra, „kitalálták" egymás gondolatát. Így értették saját metakommunikációs rendszerüket: egy-egy szemvillanás, egy fej- vagy kézmozdulat.

Számomra ma is a legnagyobb kihívás egy másik ember gondolatainak vagy tettének megértése. Miközben ez a törekvés hajt, folyamatosan magamról tanulok, mert mindaz, amit a másikban felismerek, a tükörbe nézve szembeköszön.

Amikor végül is „becsapott" szüleid kivonultak a szobádból, félig behunyt pilláid alatt azt gondoltad: nagyszerűen érzem a szagokat, a legkisebb légmozgást is észlelem, jó a fülem, most is hallom a hangjukat, pedig kint suttognak, a szemem viszont még nem az igazi, sokat kell még fejlődnöm. El kell fogadnom a játékszabályaikat, amíg nem tudok sajátokat alkotni. És jó volna tudnom, hogy mit is várnak tőlem. Ha legközelebb bejönnek, annak ellenére, hogy ez a kényelmetlen dolog, amit rám tekertek, nedves, hideg és csíp, rájuk nevetek majd, és amit a kezembe adnak, rázogatom.

A dolog akár így is lehetett, de ha belegondolsz, hogy ez a talán ötperces jelenet a variációknak milyen tárházát vonultathatja fel, meglepő matematikai adatot kapnánk a te felnőtt életedben elkövetett lehetőségeidről, döntéseidről.

Carl Rogers szerint a skizofrének nem ismerik fel, illetve nem képesek az „én – te" viszony kialakítására. Vannak pszichológusok, akik – talán az előbbi értelmezést alapul véve – azt mondják, hogy minden tizedik ember skizoid.

A társas viszonyainknak olyan bonyolult játékszabályait építjük fel, amiben szinte felismerhetetlen, hogy amit érted teszek, az nekem vagy neked jó.

Mindig mástól kapod készen a megoldásokat és az oltalmat, ha valamit még így is elrontanál, majd ő segít kijavítani. Ezt te elfogadod, mert tiszteled, mert kényelmes, és legfőképpen azért, mert a felelősség másé. Nagyon kellemetlen csapdahelyzet;

nagyon lehet kötődni azokhoz, akiknek mindenre van egy jó gondolatuk, ötletük, vagy egy szellemes megjegyzésük.

Aki mellett mindig azt érezzük: *olyan jó lenne, ha olyan lehetnék, mint ő*, és aki mellett néha azt érezzük, hogy semmik vagyunk.

Majd harmincévesen azon gondolkodsz: *miért is dolgozom én folyamatosan magam ellen, hogy bebizonyítsam anyámnak, hogy egyedül még mindig rossz döntéseket hozok? Hogy fontos nekem – mert nem mellékesen nagyon szeretem őt –, a kapcsolatunkat úgy élje meg, hogy én vagyok az ő még mindig botladozó kislánya, akinek szüksége van az ő józan, okos gondolataira, tanácsaira?*

De mikor kimegy a szobádból és már nem lát, félreteszed az angolkönyvet, amiből épp tanultál – már tíz éve tanulod –, és azon gondolkodsz, mihez kéne most kezdened – valahogy semmi sem áll össze egy egésszé. Nagyon el vagy keseredve; *anyámnak ebben a korában volt egy férje, egy nyolc- és egy négyéves kislánya (és most is van egy harmincéves). Nekem mikor lesz? Ki is vagyok én? Egy tízéves kislány, vagy egy identitását vesztett harmincas nő, aki mindenfelé szalad, hátha belebotlik egy olyan megoldásba, amit ugyan nem ő indukál (felelősség még mindig nuku), de kiszakítja ebből a skizoid masszából?*

És tudod, mi a szép? Hogy téged a legnagyobb szeretetben és a legnagyobb figyelemmel neveltek. Vagyis a helyzeted jobb, mint sok más sorstársadé.

Ülsz velem szemben, és rólad beszélgetünk.

Nézem kedves mosolyodat és a szemed, ami mint a kalitkába zárt madár, úgy rebben, folytonosan kiutat keres.

És közben azt vizualizálom, a kiságyban fekvő „te" kezébe nem nyomja oda anyukád a rágicsálót, hanem leteszi melléd, majd úgy tesz, mintha magadra hagyna (vagyis átvág, de nevezd inkább bújócskának), és lopva figyeli, mit teszel. Tanul téged. Te elkezdesz dolgozni, hogy elérd, de messze van, erőlködsz és nyöszörögsz. Megpróbálsz oldalra és hasra fordulni, pedig ehhez még nincs jogosítványod, így nem is sikerül, kezd kilátástalan lenni a helyzet. Most már igazán segíthetne valaki, de nincs itt senki, magad vagy, csak magadra számíthatsz. Már ott tartasz, hogy hangosan elkezdesz sírni, mert arra biztos odajön valaki, és ekkor valami csoda folytán eléred a rágókát, és boldogan elkezded rázni és harapdálni. A csoda persze „fentről jött": míg te magaddal voltál elfoglalva, a mamád közelebb tolta a játékot. A sikert – teljes joggal – magadnak köszönheted. Ezért eldöntöd, hogy legközelebb ilyen helyzetben nem keseredsz el, mert előbb-utóbb csak eléred valahogy.

Tudom, hogy holt banális a történeted. Minden anya „így" szereti a gyermekét, és a skizofréniát csak a pszichológusok találták ki.

Mi az, aminek meg kell felelnem, és mi az, amit elvárhatok tőled?

Előveszem a jegyzeteimet, amit az írásod alapján készítettem rólad.

„... minél intelligensebb valaki, annál több gátlást alakít ki magában. Az otthonról hozott értékeit nehezen tudja beilleszteni a jelenébe. Szeretné, ha mindenben a viszonosság elve működne: az emberek csak annyit várnak el, amit maguk is szívesen adnak a másiknak. Ez csak tudatos életvezetéssel lehetséges, és neki ez megy a legkevésbé, mégis ez köti le a legjobban, egyben ezzel éri el leginkább a krónikusnak számító frusztrációját. Emiatt hol a bátorság (már hogy bizonyítson magának, ő tényleg egy bevállalós), hol pedig a megfutamodás érzete alakul ki benne. Ez a bizonytalanság személyekhez vagy helyzetekhez kapcsolódó bizalmatlanságként jelentkezik. Hogy ne alakuljon ki benne az elnyomottság érzése, már előre „kisakkozza", hogy milyen sérülést szedhet össze, és így kezd neki egy új dolognak – eleve bekalkulálja. Ez is nevezhető kudarckerülésnek, mégis, krízishelyzeteiben ugyanúgy dönt, mint az előzőekben. Nem tanulási probléma; a megküzdés érzése miatt teszi. Szeretné elkerülni a diafóbia érzését, zavarja a görcsös megfelelni vágyása."

Elgondolkodom, hogy van-e bármi munkám veled. Van-e jogom az életed menetébe beleszólni?

Végül is te hívtál!

Vajon honnan ered a köznyelvben használt „hangyás" kifejezés? Valószínűleg a hangyák tehetnek róla, hogy a durvább „hülye" kifejezés helyett sokan ezt használják. Talán azért, mert a mozgásuk olyan kiszámíthatatlan; hirtelen változtatnak irányt, mintha nem tudnák, hogy merre akarnak menni, mintha állandó útkeresésben lennének.

Ha apám nappalos volt, általában este 7 körül ért haza. Nővérem délutános volt a suliban, amikor én délelőttös, anyám pedig, ha délutános volt, este 10 után ért haza. Nagyapám halála után sokat voltam egyedül nagyanyámmal, csak hallgatni tudtunk a sötét konyhában. Csak a csöves rádió macskaszeme világított, miközben szólt a „Kossuth" vagy a „Petőfi". Nagy volt a mozgásigényem, így amint tavaszodott, a labda volt az egyetlen, amiről álmodoztam éjjel-nappal. Addig fociztam az utcán, amíg el nem fogytak a srácok. Ekkor már erősen szürkült, így szinte hasalnom kellett a nap melegét magába szívó bitumenen, hogy lássam a hangyákat. Beszéltem is hozzájuk. Apám általában erre ért haza. Ha nem volt játszótársam, akkor nappal is – rendszerint hétvégén – ugyanez volt a programom. Persze a srácok között elterjedt a hangyászkodásom, de ekkor még nem csúfoltak, még nem tudtak egységfrontot kialakítani. Ezért inkább csak érdeklődtek, hogy mi a francot lehet annyit bámulni azokon a hülye hangyákon?

Szerintem az agresszivitásom társadalmilag elfogadható szintjét akartam belőni. A bámulás nem elégített ki. Különböző akadályokat telepítettem az útjukba, majd amikor kitalálták, hogy lehet kikerülni, nehezítettem a dolgukon; egy fűszállal távolabb pöcköltem őket, és figyeltem, hogy találnak vissza – némi keresgélés után – a helyes útra. Bevallom, nagyapám jósága nem mindig volt példaértékű számomra; előfordult, hogy egy erősebb vesszővel feltúrtam a bolyt, és némi önelégültséggel néztem a fejetlennek látszó szaladgálást.

Rossznak lenni jó! Különösen, ha felelősség nélkül teheti az ember. Még édesebb, ha azt hiszik, nem te tetted, vagy ha szándékos a fájdalom okozása. A titokzatosság és a tudatosult bűn nagyon vonzó dolog tud lenni. A bűn az identitástudat alkotóeleme.

Az ember agresszivitásszintjét is gyerekkorban kell kialakítani. Az is szükséges, hogy felnőtt személy kontrollja nélkül garázdálkodhass. Tévedés azt gondolni, hogy aki gyerekkorban gonosz, az felnőttként biztosan bűntettek sorozatát fogja elkövetni.

De természetesen az elkövetett bűn és azzal okozott fájdalom nagysága nem lehet többszöröse annak, amit magad már nem viselnél el. (Tehát legyél mazochista?) Ha a bűn elkövetését vagy az abból származó fájdalom érzetét nem tapasztalod meg, a felelősség érzete, ami abszolút értelemben is attól függ, hogy mennyi fájdalmat tudtál összegyűjteni (ez lenne az empátia melegágya?) ki sem alakulhat. Tehát ha valakibe szándékosan belerúgsz, tudnod kell, hogy ezzel mekkora fájdalmat okozol. Ha ezzel tisztában vagy, akkor már csak akkor gonoszkodsz, ha biztos vagy benne, hogy a másik nem üt vissza. De miért ne tenné? Erősebb vagy nála; van, aki megvédhet; vagy csak egyszerűen provokálod – elég, ha csak „hiszi", hogy te vagy az erősebb.

Ha képtelen vagy fájdalmat okozni, amikor téged támad meg valaki, mennyire tudsz rá hathatós választ adni? Ha elfogadod azt a helyzetet, hogy elég, ha kivédem, akkor önmagadat teszed ki a másik provokációjának – gyengébbnek látszol, ami ahhoz a félreértéshez vezethet, hogy tovább püfölhet. A kommunikációt érdemes egyértelműsíteni, hogy egypár pofon begyűjtését és kiadását megspóroljátok, vagyis védelembe vonultan nagyobbat kell visszaütni, vagy durvábbnak kell látszani. A magam részéről felesleges intelemnek tartom, hogy ne verekedj. Verekedj, csak tudd, hogy mekkora kárt okozhatsz. Szerintem kevés megalázóbb dolog van annál, ha az ember lelki vagy fizikai okok miatt képtelen a védekezésre.

Elmesélek egy történetet, a gyengébb idegzetűek a dőlt betűs rész után folytassák csak az olvasást…

Tizenhárom évesen „sok" pénzre volt szükségem, egy férfivázas Tihany kerékpár volt a vágyam, addig a család egyetlen női bringáját nyúzhattam. Ezért egy hónapot anyám mellett a gyárban dolgoztam ötödmagammal, egy hónapot pedig a téeszben, gép után szedtünk krumplit. A kombájn nem állt meg, folyamatosan körözött és dobálta ki a rögöket és a krumplit. Ha egy nap kevesebben voltunk, meghosszabbodott az a szakasz, amit nekünk, a társammal kellett beérnünk. Nagyon piszkos munka volt: ha enyhe szellő fújdogált, az is akkora porfelleget tekert körénk, mintha egy iszonyú sivatagi homokvihar kellős közepébe keveredtünk volna. És nehéz is volt: szó szerint csak az ebédidőben tudtunk kiegyenesedni egy kicsit, vagy amikor a zsákokat a pótkocsira feldobáltuk. Nők felügyeltek ránk és hajtottak minket. Ma sem értem, miért nem lázadoztunk. Lehet, hogy féltünk a kombájnostól, aki abban a pillanatban káromkodott és kiabált, ha csak valami oknál fogva lassítania kellett.

Ehhez képest a gyárban úri dolgunk volt: földkupacokat planíroztunk egész nap, de olyan szerencsések voltunk, hogy akit megbíztak a felügyeletünkkel, reggel odajött, megmutatta, mit kell csinálni, aztán egész nap nem láttuk. Hamar kialakultak az erőviszonyok: én meg egy másik srác voltunk az ügyeletes „főnökök". Ő azért, mert a bátyja akkor is éppen garázdaságért ült, én meg demonstratíve, játékból is nagyokat ütöttem. Szóval kialakult a respekt. Egy darabig verekedtünk egymással unalomból, és azok, akik az elszenvedői voltak a „játéknak", kitalálták, hogy inkább csúzlizzunk galambokat. Ez mindenkit felhangolt. Nem örültem neki, de vitt a tömeg. (Hogy is van ez az egyéni felelősségvállalás?) Elkészültek a fegyverek, a gyárudvaron szanaszét hevertek kiszuperált csapágyak, a golyókat kiszedtük belőlük, aztán megkezdődhetett a nagy célbalövészet. Először dobozokra, flakonokra, aztán jöttek a galcik.

Az ember felelősségérzete a fizikai terror végrehajtásának távolságával egyenes arányosan csökken... vagyis távolról rálőni egy védtelenre nem akkora bűn. Ezért kell a katonáknak átesni egy agymosáson.

Szerencsére nagyapám öt évvel előtte tüdőrákban elment, nem láthatta, nem hallhatta harci tettemet.

Mert ezután kezdődött csak a horror. Az eltalált galcik nem mindegyike pusztult el mindjárt, ezért, hogy jól is érezzük magunkat, mutató és a középső ujjunk közé vettük a fejüket, és mintha el akarnánk dobni őket, úgy hajítottuk el a testüket. A fejük a kezünkben maradt, bóklászva, nyakló-nyeklő szárnyaikkal repültek 15–20 métert.

A kivégzésnek ez a módja semmivel sem szörnyűbb, mint amit akár ma is csinálnak a vágóhidakon, csak a rituálé volt más – ez élvezetből történt.

Kínzó álmaim voltak akkortájt. Egy-két nap után azt mondtam, hogy ez baromság. (No csak, a jófiú?) Egyik-másik srác hajlott rá, hogy mellém álljon, de vezetőtársam egyszerűbbnek látta, ha megverekszünk, és aki nyer, annak fog teljesülni az akarata. Férfias kis csata volt; Misi már ekkor nagyon jó alakú srác volt, én meg vékony, húzós, munkában edzett. Nem volt vesztes, kifulladásig ütöttük egymást. Végül megállapodtunk egy remiben, és többségi döntés alapján ezután nem fejeztük le a madarakat.

Szóval, a hangyákkal kezdődött.

Te talán természetesnek tartod, hogy azt bántod, akit szeretsz? Ellentmondásosnak látszik a dolog. Sokszor csíptek meg, de nem ütöttem le őket. Úgy figyeltem az életüket, mint az akváriumban a halakat szokták, nekem ez volt a National Geographic.

Kezdtem kiismerni az útvonalaikat és a munkamegosztásukat, felismertem egyedeket, akik mindig túlvállalták magukat – akkora darab elemózsiát akartak cipelni, ami még nekem is nehéz lett volna. De nem adták fel. Voltak lógosok is, akik egyébként az építkezésen dolgoztak, de sokszor üresben jártak, vagy csak porszemnyi morzsatörmelékkel glasszáltak (leginkább ezeket bizuráltam).

Minél jobban megismertem őket, annál kevésbé bántottam, vagy raktam eléjük akadályt.

Ez már kezd olyan lenni, *mintha* szeretnél valakit?

Feldmár András ezt írja:

„Amit irányítani tudok, az vagyok én, amit nem tudok irányítani, az a másik. Ha téged nem tudlak irányítani, akkor félni kezdek; elveszíthetlek, olyan dolgot is megtehetsz, amit nem is értek. Megverlek, hogy megadásra kényszerítselek, és így a részem maradj. Ha azt mondom: »szeretlek«, ennek három jól megragadható összetevője van: én, te, meg az a bizonyos mód, ahogyan kezellek. Ha e három összetevő bármelyike hiányzik, az állítás értelmetlenné válik. Ha »te«-belőled »én«-t csinálok, és ezt te megengeded, akkor közöttünk nem lehet szeretet.”

A bibliában van egy nagyon fontos sor, többféleképpen is fordítják: „Vigyázz, mert az ördög a házadban lakik!” illetve

„Vigyázz, mert az ördög a házad küszöbén alszik!" Én az utóbbi fordítást érzem magaménak. Azzal a kiegészítéssel, hogy egyes bibliakutatók szerint az *alszik* szó helyett a **szunnyad** a helyes, ami pontosabb, jobban kifejezi, amit az írója mondani akart. Ha most eltekintünk a szemantikai értelmezésétől és plasztikusan kezeljük, akkor én ezt úgy látom, hogy te nyugodtan éled a világod, megbékélve mindenkivel és mindennel. Természetesen, ki-be járkálsz a házadból, tudod, hogy ott van ez a dög, de nem bántod; ő is a házad népéhez tartozik. Időnként – hol befelé menet, hol kifelé menet – elgáncsol, talán nem is szándékosan. Van, amikor ezen felbosszantod magad és belerúgsz (gondold el, mekkora bátorság kell ehhez), van, amikor összevigyorogtok és magadban azt mondod: most te nyertél. Egy idő után szimbiózisban fogtok élni (rossz esetben lehet, hogy csak ketten maradtok). Mondanám, hogy ekkor válsz felnőtté, érett személyiségé, de a késztetés a rosszra – gáncs – folyamatossága nem változik, inkább csak az, hogy miként reagálsz rá (bölcsebb leszel?).

Miért akarsz hát folyamatosan jó lenni (vagy annak látszani)?

Ezt várják el tőled? Félreértelmezett szeretetvágyad kielégítése miatt? Vagy félelemből? Nem szeretnél a komfortzónádból kilépni, nem szeretnél állatnak látszani, nem szeretnél konfrontálódni, mert az olyan ciki? Az intelligenciaszinted egyben korlát; bele is kapaszkodhatsz ugyan, de csak annyit segít, mint amikor a járókában körbe-körbe togyogsz.

És már tudom, mi lesz a házi feladatod!

A tükör előtt kell kitalálnod mindenféle grimaszt, de egyik sem lehet szép, kedves, csak durva, démoni, szörnyű. Minden grimaszodnak adj nevet, és mutatkozz be neki. Mondd meg neki, hogy „ismerlek, és nem félek tőled". Ajánlj fel neki egyezséget: hogyha nem tör rád váratlanul, akkor te rendszeresen eljössz hozzá és beszélgetsz vele; nem az ellensége akarsz lenni, hanem a testvére. Aztán búcsúzzatok el, ahogy illik: adj egy csókot a rémségnek!

Ez lesz a jövőheti programod: barátkozz velük – mert az is te vagy!

Feldmár szerint:

„Akkor még nem tudtam, hogy a bűntudattal nem a rosz-szaságért fizetünk, hanem azért a kiváltságért, hogy továbbra is rosszak maradhassunk. Bűntudattal élni **könnyebb**, mint változtatni."

Az írásodból azt is látom, hogy nyolc-kilenc éves korod körül valaki elment (talán egy kedves nagyszülő) de helyette érkezett más. Talán harmadiktól új tanárt kaptál? Ezzel együtt változott a viszonyod otthon is. Az apukáddal lazult a kapcsolatod (lefoglalta a munkája), az anyukád egyre inkább a példaképeddé vált. Mindenkivel jól érzed magad, de csak tőle fogadod el a tanítást.

Miért?

Mi az, amit tőle kaptál?

(Nyomozok; itt most sokat beszéltetlek, át akarom élni veled a gyerekkorod!)

Anya olyan lett számodra, mint egy képregényhős. Sokat dolgozik, mégis, ha a családjáról van szó, sohasem fáradt, mindig mosolyog, kiegyensúlyozott. Ha valami mégis bántja, akkor is mosolyog, csak kicsit szomorkásan. (Jaj! Anya, ne legyél szomorú!) Sokat mesél, nem csak könyvből, hanem igazi történeteket, mindig a jókról, akik minimum erkölcsi elismerést, győzelmet aratnak. Ebből tudod, hogy lesznek helyzetek, amikor a saját érdekeiddel szemben egy magasabb szempontnak kell megfelelned: tisztesség, erkölcs – társadalmi, vallási elvárások. Mert a jó dolgok akkor fognak rád találni, ha ezeket a nagy igazságokat megtanulod, és ezek szerint élsz. Ha mégsem, légy türelmes, mert az élet végső soron igazságos, és előbb-utóbb mégis nyersz. (Érzed, hogy megint a kezedbe adták a rágókat?)

Vagyis generalizáljuk a kislányban, hogy „köss alkut(!) az élettel" (mert megéri – szóval mégis csak nyerni akarsz?), „szolgálj és szolgáltass"! Nyomd el azt, ami lehetnél. Csak szép, kedves és jó lehetsz, az emberek csak az ilyen kislányokat szeretik, és ha jó férjet akar(ok)sz magadnak, akkor minden fiúval így kell viselkedni, csak bizonyos dolgokat nem szabad hagynod nekik. Szóval az Austin nővérek összes könyve a kezedbe került. És tudod, mi a szüleid csapdája? (Tudom, költői a dolog; tudom, hogy tudod.) Szégyellem is leírni: az a vágy hajtja őket, hogy boldog légy. Egyetemesen.

Most így, harminc fölött, egyedül egy harminc négyzetméteres garzonban élve azt érzed, hogy te mindent megtettél. Nem érted, miért nem értél el többet. Jelenleg is három tanfolyamra jársz egyszerre (angol, tantrajóga, reiki), nem eszel húst tizenkét éves korod óta, dolgozol, vannak barátaid, de nincs fiúd, csak volt. Nem érted, mi történik veled, keresed az utad, néha családi kölcsönre szorulsz, és persze anya ott van melletted jó tanáccsal, ha kell, pénzzel. De hol vagy te?

Amikor felkerestél, a párkapcsolatod sikertelensége miatti elkeseredettséged vezetett – hallottad, hogy én ezzel is foglalkozom. Szó se róla, volt benned kétség. Mit gondolsz, oszladozik már?

Akkor most, hogy sok mindent megtudtál magadról, áttérünk a fiúkra.

Úgy látom, az első igazi szexuális kapcsolatra elég sokáig kellett várnod, ráadásul az sem sikerült valami extrára. Igen, tudom, hogy az általános suliban a fiúkkal lógtál, de ez akadályozta meg azt is, hogy bizalmas kapcsolatba keveredj bármelyikkel is; túl sokan voltak egyszerre körülötted. Amit meg a csajok meséltek róla, az számodra inkább taszító volt, mint vonzó – különben is, a felét el sem hitted. Felvilágosító irodalmat olvastál, és szőrmentén anya is beszélt dolgokról. De a legdöntőbb, hogy nem szívesen cserélted volna le a haverokat holmi kisajátítósdi kapcsolatra. Testileg későn értél. Tizennyolc körül már nem bántad volna, ha valakivel összejössz, de még mindig erősebben vonzott, hogy anyuka jó kislánya legyél (ne félj, anya, én nem okozok gondot neked).

A suliban szerettek a tanárok, rajtad keresztül irányították a nehezebben kezelhető srácokat. Mindenki elfogadott, jól ment a tanulás is, egyre többet vállaltál magadra, ezért szemet hunytak, ha nem minden teljesült tökéletesen. Különböző versenyeken indultál, többnyire sikeresen szerepeltél, jó kislány voltál, a szó mindenféle értelmében. Persze, hogy tanárképzőre jelentkeztél – még szép, ilyen előélet után.

És most itt hosszan beszélsz a fiúkról, többször vissza kell zökkentselek, mert máris a mához akarsz ugrani, de sajnos velem át kell élned azokat az eseményeket is, amelyeket te nem tartasz annyira fontosnak. Ahhoz, hogy a múlt sebeiből kigyógyuljál, nem kell pontosan ismernünk a bántalmazódat. Nem szeretném hosszan feltárni a részleteket, mert az csak arra tenne alkalmassá, hogy másra tereld a problémát, talán személyeket találnánk (méghozzá számodra nagyon kedveseket), akiken bosszút lehet állni, vagy csak elégtételt szerezhetsz. Mindez arra jó, hogy tovább toljuk azt a fájdalmas felismerést, hogy téged rászedtek; életed darabjait tüntették el visszavonhatatlanul és végérvényesen.

Igen, megvan a másik házi feladatod!

Mindennap írnod kell legalább száz szavas „fogalmazást" bármiről, ami eszedbe jut. Lehet a múlt egy szelete, vagy amit álmodtál, esetleg egy aznapi történet. Egy kikötésem van: nem olvashatod el – még a helyesírási hibák kijavítása végett sem – amit leírsz. Legyél obszcén, vagy durva! Azt írd, amit és ahogyan gondolod. Ha kész vagy, rakd borítékba és zárd le! Legközelebbi találkozásunkkor megtisztelsz vele, ha elolvashatom, de ez nem elvárás.

Miután tökéletest kaptál (vagy legalábbis ezt gondolod a gyerekkorodról), ezért az alapmotivációd: a *tökéleteset* adni. A női szerep ennek bizonyítására egy jó alkalom. De legalább ugyanilyen fontos, hogy a kiszemelt „préda" szintén tökéletes mintapéldánya legyen a hímtársadalomnak. Ez eddig logikus, már csak egy kis homokszemet kell eltávolítani a gépezetből: *anyámnak vagy magamnak keressek társat; anyámhoz keresem apámat; vagy a kilencéves korom körül eltűnt apámat akarom visszakapni; esetleg anyámat szeretném lecserélni anyára, akivel fizikai síkon is szeretkezhetek?*

Durva!

Ezen a ponton szeretném veled napolni ezt a témát. Nem a bonyolultsága, hanem a megkezdett *építkezésünk* miatt. A házad olyan alapokra épült, ahol a csalárd mérnök elhitette veled, hogy nem a *stabilitás* a lényeg, hanem a szépség. Most kezdtük csak elszedni azokat a dúcokat, amiket elég régóta pakolgattál alá, és az egyes lebontott falrészek helyett most kezdtünk, *kezdtél* újakat építeni. A képek felrakásának még nem jött el az ideje.

De nem szeretnék a lecserélt *mérnököd* lenni, aki megmondja, hogy mit tegyél, egyszersmind a saját felelősségedet átvegye.

Egyszerűbb lenne a helyzetem, hogy addig, amíg a felújítás megtörténik, azt mondhatnám: találj magadnak egy *szexpartnert*, vagy *játssz magadban*. De ezt nem tudnám úgy elővezetni, hogy ezt te mondd ki, mert mindannyiszor idekeverednénk, becsuknád a szemed a dolog *mocskossága* miatt.

Pedig a szexet szorongás elleni gyógyszerként – vény ellenében –, patikában kellene árusítani. A „semmi szex" csak erősíti a bezártság-érzetedet, növeli a deprimáltságodat. Meggyőződésem, hogy egyes betegségek lábadozási fázisát, magának a betegségnek a *gyógyítását*, illetve a fájdalom csökkentését tenné lehetővé, ha a betegellátást ilyen értelemben korszerűsítenék. Akár fekvő – a kór következményeként – módosult tudatállapotban lévő személyeknél – akik lázas álmaikban többször élnek át szexuális „élményeket" – lehetne az enyhülés kulcsa, amikor időnként kitisztulnak. A hozzátartozók meg kezelhetnék azzal a természetességgel, mint a biliztetést vagy a vérvételt. Csak a magunk köré felépített szemforgató társadalmi etika ezen igencsak kibukna. És bevallom, okozna egy-két technikai problémát; hamarosan igencsak túlterheltté válnának a kórházak elfekvői.

Szóval erről inkább majd egy másik könyvben.

Tudom, hogy érzelem nélkül nem megy „kislányom, a nőnek a tisztessége az egyetlen értéke!". Akkor döntened kell, hogy tovább kínzod magad azzal, hogy mi lehetne, ha... vagy elfogadod az állapotodat és nem mész bele semmilyen kapcsolatba pusztán csak azért, mert már nem bírod tovább férfi nélkül. Elfogadod, hogy az új tanulása közben vannak helyzetek, amikor nagyon aktívnak kell lenned, és van – általában ekkor „érsz" –, amikor minimálisra kell csökkenteni a környezeti ingereket és a mozgástered, hogy belül történjenek meg a dolgok.

A felismerést iszonyú nagy dolognak tartom, de az néha a szerencse vagy külső hatás eredménye, ezért az igazán nagy dolog – mert ez kizárólag a te akaratodtól és szándékodtól függ – a tudatos tanulás, az *új rögzítése*. Ehhez nagy koncentráció és rengeteg pszichés energia szükséges, mert itt a legnagyobb, nemes ellenfeleddel kell szembenézned: *önmagaddal*.

Gondolod, hogy ezeket a *győzteseket* keresik egy egész életre szóló partnernek a férfiak?

Véletlenül nem pont erre keresed a megoldást? Talán a gyenge, oltalmazásra szoruló nő image-e már a múlté? Lehet, hogy feltaláltuk a kanálban a mélyedést, megtaláltuk Salamon kövét, mi könnyeztük a királyvizet?

Szerinted?

Bemutatkozásom során azt kértem, ha valamiről nem akarsz beszélni, ne tedd, és tisztelj meg azzal, hogy nem beszélsz mellé. Nem várok tőled semmit el, minden úgy és annyira jó, ahogy az neked a legjobb. Most mégsem értelek; mintha nem tudnád, hogy nem lehet úgy úszni tanulni, hogy közben száraz maradj.

Így aztán kapsz tőlem egy A/4-es lapot, amin három névtelen, és a bal szélén egy sorszámozott oszlop található, tizenkettőig számozva. A feladatod, hogy az első oszlopba írd be azokat a jellemzőket, amiket te egy ideális férfiról tartasz. Ha kész vagy, megkérlek, hogy állíts fel fontossági sorrendet. A táblázatot elteszem, és egy későbbi foglalkozáson – több hét múlva – megkérlek, hogy az eddigi srácaidnak a legjobb tulajdonságait zanzásítva írd be a következő oszlopba, aztán ezeket is rangsorold. Természetesen amit ezelőtt írtál, azt most nem láthatod, ezért ott lehajtogatom a papírt. Még később, a harmadik oszlopba – a többit szintén letakarva – azt kell leírnod, hogy te milyen tulajdonságokkal rendelkezel. Kisimítva a papírlapot, a három oszlopot együtt látva, érdekes kis dolgokat fogsz tapasztalni. Ezekről hosszan fogunk beszélni majd.

Később részletesen el fogod mesélni a két leghosszabb kapcsolatodat, a majdnem szülésedet, és azt, hogy ez neked mit jelentett. Én pedig folyamatosan türelmet kérek tőled, és a megbeszélt feladatok teljesítését várom el. Az ötödik találkozásunk után nem mersz tovább jönni velem, a feladatokat félreérted vagy elhanyagolod. Elfoglaltságra hivatkozva tovább tolod az időpontokat, amiket – egyébként – te kérsz, én pedig előre örülök, hogy a következő alkalomra igazoltan lesz egy szabad estém. Egyszer sem én kereslek, mindig nagyon meggyőző vagy – mint eddig mindig.

Aztán hallasz ismét egy „emberről", aki segíthet megtalálni önmagadat.

Vajon hogy fogsz beszélni évek múlva a gyermekeidnek életednek erről a szakaszáról?!

NYARALÁS

A korszerű szálloda erkélyéről a medencére, teniszpályára, és az elkerített strandröpi-, foci-, kézipályára és a tágas parkra lehet látni. A medence körül fehér nyugágyakon szendergő, olvasó, alulöltözött emberek süttetik magukat. Álmos a hangulat.

Család érkezik.

Harsányan jönnek elő a szálloda földszintjéről. Játékosan kergetik egymást. A férj időnként elkapja a feleségét, megcsiklandozza, felemeli, körbepörgeti, majd leteszi, és máris ugrik a fia után, vele is hasonlóan játszik. Így jutnak el a sportpályáig, benyargalnak a homokos pályára, és kiskapura kezdenek el focizni. Apa egyedül van, a mama tíz év körüli fiával. Papa lelkesen szaladgál az elgurult labdákért, és rendkívül aktív a pályán is: cselez, kapura lő. Mama visszafogottabb, ő védekezik, a fia középpályást és csatárt játszik. A létszámfölényt ügyesen használják ki, de gólt nem nagyon tudnak szerezni, mert a papa önfeláldozóan vetődik bele a labdákba.

Jól néznek ki. Kiegyensúlyozott, harmonikus emberek benyomását keltik.

Tíz perc elteltével a papa lanyhulni látszik, többet áll le szövegelni, kevesebbszer megy az elgurult labdákért. Először a fiát kezdi el nevelni, majd az anyával is próbálkozik, aki láthatóan kerüli a konfliktust. Ezért az összes „ellencsapása", hogy elindul lefelé a pályáról. De a két férfi meggyőzi (a fiú anyja védelmében bízva), hogy röpizzenek.

A papa megint egyedül van, szintén nagyon igyekszik, ismét szaladgál az elütött labdákért, de láthatóan nyerni akar. Ezért rendkívül taktikusan a két játékos közé teszi be a labdákat. Akik nem hajlandók egymásnak futni, ezért szaporodnak a papa pontjai.

Egy-két labdamenet után a mama és fia már csak statisztál. A papa, amikor biztonságos távolba kerül, és már nem veszítheti el a szettet, elkezdi úgy áttenni a labdákat, hogy hol a feleségének, hol a fiának menjenek azok. De a mama szinte elhajol előlük, ezért a fiú is hasonlóan tesz, vagy kelletlenül beleteszi a kezét, de úgy, hogy biztosan ne menjen vissza a túloldalra.

Aztán véget ér a meccs. Nincs kézösszeverés, nincs összeölelkezés, nincs gratuláció.

A fiú elöl kullog, apja többször utánaszól, de nem fordul vissza; úgy tűnik, szeretne elsüllyedni, vagy nagyon messzire kerülni innen. A mama néha visszafordul a papához és próbálja leállítani – nem sok sikerrel. Ezért a gyerek után megy és próbálja átölelni, de nem sikerül neki, mert a gyerek – valószínűleg küszködve a könnyeivel – minél előbb be akar kerülni a szállodába, hogy tényleg eltűnjön mindenki szeme elől.

Másnap, a reggelinél látom őket újra. A papa hasig kigombolt tahiti ingében lazán rágcsál egy fogpiszkálót, a mama kimért mozdulatokkal tesz-vesz az asztalon, kerüli mindenkinek a tekintetét. A gyerek gépiesen rág, tegnap óta sokat öregedett.

A kávénál tartanak, mikor a papa elővesz egy bankjegyet és a fiú felé nyújtva, próbálja valamiről meggyőzni. De a konok gyerek makacsul ingatja a fejét. Majd a papa megrázza magát, mintha azt mondaná: *nem érdekelsz*. Aztán egy laza mozdulattal rádobja a bankjegyet az arra elhaladó csinos pincérnő tálcájára, és a fogpiszkáló mögül valami ilyesmit mond: „kösz, kicsikém".

És hét év múlva anyukád elhoz hozzám, mert tanulási nehézséggel küszködsz. Nem megy a gimi, segíteni kellene. Tizenkét év múlva pedig már magadtól jössz.

És minden alkalommal az emlékeidet kutatjuk. De úgy tűnik én többre „emlékszem", mint te, veled tulajdonképpen semmi nem történt gyerekkorodban, minden olyan átlagos volt.

A FIÚ

Úgy alakult, hogy az emberek – vagyis te – vásárlás és szórakozás címén bekényszerülsz a Plázákba. A szórakozás: az amerikai filmek tengere, többnyire a szórakoztató filmek kategóriájába sorolt, *kultúrát* nem helyettesítő, de kultúrát teremtő, kulturált körülmények közötti befogadása. Lehet még idegen kultúrák étkezési szokásaiba belekóstolni, *nylonnal* teli világunkban természetes módon, az ember természetétől idegen, műanyag eszközökkel, műanyag tányérokon, *műanyag* ételekkel. Hogy amit magadra ölthetsz, trendi kis cuccok, ne tűnjenek ki a sorból, azok is műanyagból vannak. De legalább van választék, mert elvégre a ruha teszi az embert. És persze lehet sportolni, a műjégen hokizni egyszerre tíz embernek, vagy körözni húsz gyereknek; a játékteremben kulturált módon füstöt szívni, és sportos vetélkedőt játszani; egységnyi idő alatt ki tud több pénzt költeni.

A kultúra másik alapeleme, a könyv is jelen van, többnyire ajándékként – ha te kapod, mindig mindet elolvasod? – vásárolva. A fogyási listák vezető helyén virtuális világ virtuális történeteivel, vagy olyan bestsellerekkel (best-zellerekkel), melyek az otthoni műanyag könyvespolcon elhelyezve szimbolizálhatják a státuszodat. Persze, ezeknek az ára sem azonos az értékével.

Szóval ennél kulturáltabb, szórakoztatóbb *rezervátumot* az emberiség történetében még egyszer sem sikerült létrehozni a *tőkének*.

A fiú egy ilyen ismert kultúrpalota előtt álldogált.

Már megszoktad, hogy nem nézel meg senkit, mert szerencsére *sokszínűek* vagyunk. Így elmész mellette. Ha mégis megállnál és megnéznéd, a következő dolgok vetődnének fel benned. A ruha, ami rajta van – nem műanyag –, minden praktikumot nélkülöz-e, merthogy télvíz idején a vászonnadrágja térdig ér. Van ugyan rajta egy csinos kötényke is, ami ezt a szintet meghaladva a lábszár közepét nyaldossa. Ez talán valamilyen szekta egyenruhája? Kéregetni is fog, csak még várja a társát, vagy csak a mínusz hét fokkal dacolva – ezzel egyidejűleg szolidaritást vállalva nőtársaival – bizonyítja, hogy az edzettségi állapot milyen fontos?

Egyáltalán ki ő? Az anyja vajon hogy vélekedik erről a ruházatáról, vagy arról az *elvről*, ami a ruha mögött van?

Tanul? Mit, és kitől?

Kinek akar megfelelni? Önmagának, vagy a *csordaszellem* legszebb és legújabb termékének: egyedi, megismételhetetlen akar lenni?

Milyen Istenben hisz? Egyáltalán istenben hisz? Milyen csodákra vár az életben, tudja-e, hogy mielőtt ő érkezett, már *minden* megtörtént?

Akar-e küzdeni, vagy megelégszik azzal, hogy kialakítja saját mikro-környezetét, és aztán ő sem néz meg többet senkit? Akar-e küzdeni pusztán csak azért, hogy saját erejét és helyét megtapasztalja?

És fog-e tanítani – nem iskolában, hanem az utcán, tereken, templomok lépcsőin, a *természetedre* – tömegeket? Hogy éli meg, ha nem? Skizoid vagy depressziós lesz? A saját krízispontjait túl tudja-e lépni?

Mondd, érdekel ez téged?

Akkor miért nem kérdezed meg tőle?

Félsz?

Mitől?

Hogy megkérdezi, mi közöd hozzá? Lehet, hogy megjegyzi a kocsid rendszámát, aztán egy sötét helyen a haverjaival megállít és ő kérdez: „öcsi, miért vagy te olyan kurva kíváncsi?".

Nincs jogod kérdezgetni, mert neked ő *senkid*. Hát a saját gyerekedtől sem szoktad megkérdezni, hogy merre járt és minek, akkor miért pont *ettől*?

Mert attól félsz, hogy válaszolni fog? És ha válaszol, akkor meg kell értened őt? Nem azt, amit mond, hanem amiről nem beszél, amit *érez*. De miért te értsd meg őt? Nem ezért fizeted a tanárokat, nekik nem pont ez lenne a dolguk? Ha mégis kérdezel valamit – mert a családban kell társalogni –, abban benne van a válaszod, az értékítéleted. Erre vajon milyen választ vársz?

Tán időd sincs, hogy megállj... egy pillanatra.

Mindannyian nagyon elfoglaltak vagyunk, tudom.

A ravatalnál a zsebkendőd gyűrögetve azt zsolozsmázgatod magadban; „atyám, miért nem adtál még egy kis időt, annyi mindent szerettem volna még elmondani, megbeszélni vele". És sírsz, sajnálod magad, hogy elkéstél, és egyébként is, nem ezt *érdemled* a sorstól.

Tedd a szívedre a kezed és gondold végig, hányszor volt olyan érzésed, hogy egy szimpatikus idős hölgyet magadhoz ölelnél, pusztán csak azért, hogy biztasd, hogy erőt adj neki! Soha nem éreztél még ilyet? Vagy a téren sétálgatva, elnézve egy piciny, szőke gyereket, nem jut eszedbe, hogy milyen szívesen az öledbe vennéd?

Eszedbe jut, de nem teszed. Pusztán a neveltetésed és a félelem miatt, vajon mikor áll meg melletted egy szirénázó autó és visz oda, ahová *tartozol*.

És még inkább nem fogod a fiútól megkérdezni, hogy ki ő. Pedig lehet, hogy ő volt az a tündéri szőke kissrác évekkel ezelőtt, akit a téren többször is láttál. És lehet, hogy hatvan év múlva ő lesz az az idős úr, aki annyira emlékeztet apádra, aki már rég nincs, és akivel még nagyon sokat szerettél volna beszélni.

– Kérdezhetek egy furcsát?

– ???

– Nem zavarok?

– Mi?

– Csak egy kérdést szeretnék feltenni.

– Igen?

– Nem fázik a lábszára?

– Nem.

– Azért, mert most szállt ki a kocsiból?

– Nem. Azért, mert mindig így járok.

– Miért?

– Ez már a sokadik kérdése volt.

– Ha haverok volnánk, akkor nem lenne gáz, hogy kérdezgetek.

– Akkor nem.

– Akkor tegeződjünk.

– Jó, tegeződjünk; szakadj le!

– Ez tényleg az utolsó kérdés lesz: a kötény mi célt szolgál?

– Miért érdekel ez téged annyira? Mi van, ha egyszerűen csak így érzem jól magam? Nem járhatok abban, amiben jólesik? Hatóság vagy?

– Azért érdekel annyira, mert a görögök népviseletére hasonlít, de olyan, mintha más stílus is keveredne, talán a zsidó népviselet ilyesmi...

– Ne zsidózz! Egyébként sem vagyok bibsi...

– Én sem. Különben hatóság sem vagyok. De szerinted nem furcsa, hogy ebben az időben itt ácsorogsz?

– De... jó, elmondom a frankót. Itt voltunk népi-táncolni, és már nem akartam átöltözni. Most várom a többieket, aztán beülünk a kocsiba és eltűzünk.

– Oké, de miért ilyen rövid a szára?

– Te nem vagy igaz! Azért, mert az enyém otthon maradt, és ezt egy alacsonyabb sráctól nyúltam le. Van még kérdés?

– Miért nem bent várod a többieket?

– Mert itt jöttek utánam, biztos csak egy pillanatra álltak meg.

– És mióta táncolsz?

– Tíz éve.

– Miért?

– Van olyan ember, aki öt percnél többet kibír veled?

– Volt már rá példa.

– Miért táncol valaki, egyáltalán miért csinál bármit is? Ha magamra húzom ezt a gúnyát és megszólal a zene, akkor visszarepülők az időben. Olyan, mintha a saját dédnagyapám lennék. A mozgásomban érzem őt, érzem a szagát, látom a gondolatát... és tudod mit? A hétköznapjaimban megpróbálok úgy cselekedni, mintha én lennék ő.

– Skizofrén vagy?

– Most lehülyéztél?

– Nem tudom. Ha mégis, akkor te a legtiszteletreméltóbb hülye vagy. Azért állsz itt télvíz idején meztelen lábszárral, mert a dédfater is így tenne?

– Tudtam, hogy meg fogom bánni, hogy szóba álltam veled. Jobb lenne, ha elhúznál, nehogy te is megbánd, hogy szóba álltam veled.

– Ne pörögj! Nem gúnyolódom. Komolyan érdekel, mint ahogy te is érdekelsz.

– Igen... szerintem el vagyunk kényelmesedve, szerintem az ősök sokkal többet kibírtak, ettől erősebbek is voltak. Szerinted járok bodyzni? Nem! De forró és hideg vizet váltogatva fürdök. A suli mellett eljárok erdőirtásra dolgozni, hogy fejszével és keretes fűrésszel „erősítsek”. Tudod egyáltalán, milyen szerszámok ezek?

– Hallottam már róluk. Mit tanulsz?

– Kvantumfizikát.

– Most nem kérdezed meg, hogy tudom-e, mi az? Egyébként miért pont ezt?

– Csak... mert ez érdekel.

– Te tényleg nagyon furcsa fazon vagy. A sok fűrészelés mellett van időd néha *fűrészelni?*

– Már hogy van-e csajom?

– Ilyesmi.

– Miért, ha nincs, akkor felajánlkozol?

– Hogy a te stílusodban fogalmazzak: addig, amíg én kétszárú gatyában járok, nem valószínű, hogy megkívánnálak.

– Akkor mi a bőrt ismerkedsz velem?

– Ne mondd, hogy nem fordult meg a fejedben, hogy milyen lájkos a cucc, amiben vagy! Talán még arra is gondoltál, hogy valami madár majd idejön hozzád kérdezősködni, hogy elmondhasd, hogy milyen farok ez a világ.

– Ezt gondolod?

– Nem, csak provokállak.

Közben odaértek mellénk a haverjai.

– Ki ez a csávó, kisgyerek?

– Mit tudom én? Most ragadt rám, nem ismerem! Hol a dszúszban voltatok ennyi ideig?

– Miért, fáztál?

– Kösz, hogy dumáltunk, add át üdvözletem a dédfaternak.

Autó kanyarodott elénk, beugráltak és eltűztek. Búcsúzóul felmutatta a középső ujját, én meg magam elé mormoltam egy „Ave Cézár"-t.

Lehet, tán mégis két világ létezik; egy jó, és egy rossz, egy régi és egy modern, egy bűnös és egy tiszta, egy dekadens és egy optimista, egy elkorcsosult és egy tiszta fajú árja, egy kurva és egy erkölcsös?

Te melyikben élsz?

Valóban élsz, vagy valóságod mindössze *virtuális?*

Te leszel valaha valakinek a dédfaterja? Fogja valaki valaha érezni a nemlétező gúnyádba bújva a szagodat, lép-e valaki a lábnyomodba?

Vagy a por végleg ellepi az emlékezetet, akár csak a lábnyomodat?

Ha szereted a szerencsejátékot... épp itt az ideje... hogy késlekedés nélkül... megtedd a *tétjeidet!*

ÁGNES ÉS FERI TÖRTÉNETE

„Amibe görcsösen belekapaszkodunk, azt elveszítjük, s csak az
a miénk, amit oda tudunk adni.”

Szepes Mária

Ágnes

Van ugyan egy lakásod, kettőtöknek túl kicsi, de kit érdekel.
Fő, hogy ő szeret. A többit meg majd megszerzitek, mindent,
ami kell. Meg egyébként is, neked olyan kevés is elég. Eszedbe
jut nagyanyád – nagy érzések mindig kiváltanak benned némi
nosztalgiázását –, aki mindig azt mondogatta: „kislányom,
semmivel ne törődj, csak egészség legyen, akkor minden lesz”.
Mielőtt megismerted Igazi Ferit, igen, előtte kicsit izgultál.
Néha úgy érezted, hogy hosszúra nyúlik ez a szinglikorszak.
Magunk között szólva sírtál is, magad sem tudtad, miért. Nem
tudtad eldönteni, hogy ezt te akartad így, vagy ennyi az impotens
legény-anya, akik már rég rászoktak – ez olyan, mint a drog –,
hogy minden új nap egy másik szoba másik hencserén kacsint
be rájuk. Egy idő után rohadtul nem tudtad, hogy ezekhez mi
közöd. Próbáltál falkában nyomulni, és szólóban, időnként le-
feküdtél valami férfinak látszó tárggyal, aztán reggel kiderült,
ismét tévedtél. Az ismétlések, megerősítések a tanulási folya-
mat fontos eszközei. Téged erre tanítottak: öreg vagy, (29), bár
mindig hárommal kevesebbet mondtál; túlképzett is vagy; és
túl sok időt töltesz a munkahelyeden. Önálló és akaratos vagy,
de a legnagyobb kritika: te nem is akarsz férjhez menni. A lo-
gikai következtetés nagyon férfias volt: nem teszel meg érte
mindent. És sajnos ezzel nem tudtál vitatkozni. Mert valóban
nem adtad fel a munkád – akkor egy csoportot vezettél, egy új
projekten dolgoztatok –, ritkán vasaltál, főzni nem tanultál sem

nagyitól, sem anyától, általában hétvégenként nem pattantál ki az ágyból, hogy reggelit készíthess – persze örömmel –, üvegből szeretsz inni, a TV-n elalszol.

Hát lehet ennyi sok rossz tulajdonsággal társat találni?

Ühüm.

Egy másik nőt.

A kígyó tehát rágicsálja saját maga önnön farkincáját.

De akkor mire vannak a férfiak? – gondolkodtál el ezen sűrűn. Még az elején jókat vihogtál magadban, magadon. Nagyon jópofa dolgokat találtál ki. Például Merle *Védett férfiak* című könyve után szabadon, amikor már csak egy marad a Földön belőlük, és a sörgyárak ezt nem veszik észre, túltermelési válság alakul ki. A Földön Fekete-tenger nagyságú sörtavakat hoznak létre, kénytelenségből. És a sok szabad nő ott szörfözik... vagy sör-főzik.

Ezek a képek mindig valamilyen elégtétellel töltöttek el, és ekkor már biztosan tudtad, hogy veled valami nagyon nincs rendben. Nem mintha a családod eddig is nem erről akart volna meggyőzni.

Aztán egyre komolyabban kezdett foglalkoztatni: tényleg, mire vannak a természet tökéletes alkotásai? Mit is nyújthatnak, amit te nem tudsz egyedül beszerezni?

A tárgyiasult dolgok tekintetében nem lehetnek ellenfelek. Van kocsid, lakásod (27,5 m², önkormányzati) –, jó nem valami nagy, és ki tudod fizetni a szolit, a kondit, a kozmit és fodrit. A ruhavásárlásra figyelsz, néha megengedsz magadnak egy-két márkás cuccot, a többit meg úgy hordod, mintha az is az lenne. Hétvégenként anyuéknál bedobsz valami hizlalót – de jót. Könyvet nem veszel – erre való az internet. Színházba nem jársz, ha mégis, akkor visznek – esetleg éppen az aktuális ő. Néha elmész szétrázatni magad valami diszkóba, némi trendi koktél után kis smár, tapizás, aztán... kiderül, hogy még nem kapott személyi igazolványt, vagy gazdag fürtjeit úgy szerezte kölcsönbe, ha kettesben maradtok, az is kiderül, hogy a pszichológusa javaslatára van itt, tudod, ez a kapuzárás előtti izé...

Szóval mire is vannak?

Próbálsz elmélyülni a témában, ebből kifolyólag hosszan filozofálgatsz egy ezoterikus teázóban a csajokkal. Aztán a nagy komolyságból átmentek röhögésbe. És már egyikőtök sem emlékszik, hogy órákkal ezelőtt felvetődött egy szó – az egyik csaj úgy nézte ki az értelmező szótárból –, *érzések, vagy tán érzelmek?*

Aztán otthon, mikor lefekszel, újra előbukkan ez a két szó. Ízlelgeted őket. Megpróbálod beilleszteni a te szótáradba.

Nem könnyű.

Nagyit például szeretted… tulajdonképpen anyut is, bár kicsit néha demagóg. Ki van még? Az öcséd… vele ritkán találkoztál. Néha benyitott a fürdőbe – véletlenül –, s ha már ott volt, megbámult, pénzt kért, mert abból neked bőven van, és ő most éppen le van égve. Mióta egyedül laksz, egy héten két SMS, egy telefon – persze te hívod.

Érzések?

Tulajdonképpen van neked apád is – nem is érted, miért nem jutott előbb eszedbe. Pedig jó fej az öreg – már amit látsz belőle. Hajt, mint az állat, mióta anyutól elvált, született még két gyereke két anyától – nem aprózza. Néha beszélgettek: megkérdezi, mi újság. Próbálsz bővített – két tagmondatból álló – mondatot alkotni. Aztán te is megkérdezed, mi újság. Valamitől az az érzésed, hogy mikor elváltok, egyikőtök sem emlékszik, mit is mondott a másik. Talán iránta érzel a legkevesebbet, ezért érthetetlen, hogy miért mindig akkor sírsz csak, ha rá gondolsz. Ezek lennének azok a híres érzések.

Egy darabig volt macskád – na, azt például szeretted, ezt határozottan érzed.

Férfiak?

Kutatgatsz emlékeidben, meddig kéne visszamenned, hogy találj egy olyan srácot, akinek valamilyen fényt láttál a szemében. Gimis korodban volt egy… ilyen nyálas. Egy idő után, bármit csináltál, szemrehányt, meg akart változtatni. Sokat hallgatott, és még többször sértődött meg. De vele jó volt a szex – ha nem is jó, de izgató és intenzív. Nem bírtad elviselni, hogy ki akart *sajátítani.* Behúztad a féket, persze nem mondtad neki, hogy ennyi – úgysem fogadta volna el. Kicsit kínlódott, kérdezgetett, hogy mi van veled, de te soha nem mondtál neki semmit – persze, nem akartad megbántani. Végül lerohadtkurvázott és otthagyott.

Most, hogy erre visszagondolsz, némileg meginogsz. Nem itt kezdődött? Nem kellett volna utánamenni? Esetleg meg is alázkodhattál volna? Mondhattad volna: mit kívánsz, kiscsávó, hát nem látod, hogy a tiéd vagyok? Mire pörögsz, vedd már észre, hogy csak te vagy nekem.

Mert akkor talán végre azt érezhette volna, hogy *megkapott*, és véglegesen az övé vagy. Megnyugszik, elmúlik nála a hiszti, és akkor még az is elképzelhető, hogy egy normális férfiegyed válik belőle. Már ha a normalitás azt jelenti, hogy egy-két év békés járás után feleségül vesz, aztán jöhetnek a gyerekek. Lehet, hogy el sem végezted volna az egyetemet – „ha családban élsz, kislányom, megszűnik az önálló akarat". Nagyanyó bölcseletei. Belegondolva a többiek gimis kapcsolataiba, az egész életre szóló nagy szerelmekbe, akkor még sem ez lett volna a jó út. Mert a srácok többsége csak erre várt. Utána rövid időn belül becsajoztak, és kezdődhetett minden elölről. Voltak, akik az egyetemig elhúzták a dolgot, esetleg összekalapáltak egy gyereket, de a végeredmény ugyanez lett.

Két dolgot biztosan tudsz: ez kiábrándító, és jó, hogy veled nem ez történt.

Akkor min kellett volna változtatnod?

Például a társaságon és/vagy a környezeten – gondoltad.

Egyszerre iratkoztál be step aerobicra és flamencóra. Élvezted, de mind a két helyen csak csajok voltak. Ha vége volt, ment mindenki a dolga után. Jó volt, mert kezdtél kiszálkásodni. Lehiggadtál és határozottabb lettél, de egyúttal szőkébb is. Mint egy bizonyos állatfaj; egy olyan kaszthoz kezdtél közeledni, akikhez soha nem szerettél volna tartozni.

Sportosságodat fokoztad egy kis capoeirával, és a szabadidődben bringáztál. Tetszettél magadnak, mindenki megnézett, de a férfiak csak a húst látták benned. Nem volt olyan főnököd – kortól függetlenül –, aki legalább burkoltan ne tett volna valami visszautasíthatatlant. Lerázásuk egész addig nem ment simán, amíg rá nem jöttél, hogy át kell menni csávóba: káromkodni, sörözni, büfögni. Autóversenyt, bokszot kell nézni, időnként dugni, de gumi nélkül csak pettingelni.

Aztán Árpádföld után jött a csömör.

De nagyon.

A csömör orvosi nyelven depresszió. Anya és öcsi közös erővel orvoshoz akartak vinni. Sikerült eljutni egy pszichiáterhez, két pszichológushoz, és hozzám (nálam négyszer jártál). Alapvetően egyikkel sem volt semmi bajod, mégis hamar otthagytad őket. Anyáék tovább szívóskodtak, végül, hogy békén hagyjanak, három hétre kibéreltél egy kis házat egy írországi kis faluban. Nem sok tudatosság volt benne, egyszerűen csak meg akartál pattanni. Három napig aludtál, három napig ébredeztél, aztán elkezdtél élni – a táj része lettél. A hely csodálatos; napokig nem találkoztál emberekkel, amíg a szem ellát, legelők, hegyek és birkák. Kezdtél tisztulni, elkezdted írogatni a gondolataidat, ötletek jöttek-mentek. A legképtelenebbeket megpróbáltad eljátszani, csak úgy magadnak, és élvezted – talán jobban, mint eddig bármit. Pillanatonként bújtál újabb és újabb bőrbe. Tehát színész leszel? Most? Nem vagy hozzá túl öreg? És mi lesz a szabadságvágyaddal?

...

És végül a 19. napon megtaláltad.

Heuréka!

Az első találkozás (Feri)

Valahogy a fejembe ette magát a dolog, és utána nem szabadultam tőle.

Kell nekem!

36 évem alatt soha semmit nem tettem mérlegelés nélkül, különösen nem indulatból, főleg nem olyat, amit anyám nem helyeselne. Most pedig ötödik hete – mióta egyszer megláttam

az úton – lesem, hogy hol lehet. Várom, hogy újra lássam, és összegyűjtsek annyit, hogy leszólítsam.

Ahogy behajolt az ablakon, a dekoltázsába szúrt meggyfaág a rajta feketén csilingelő meggyekkel előrendült – a túlterhelt pecabot ott bólogatott a szemem előtt. Sikerült meghúznia blúzának anyagát, így mellei elszabadultak, és a meggyek után indultak. Az ablakban könyökölve nézett befelé. Feltehetően a kívül rekedt csípőjét, fenekét mozgatva érte el, hogy egy darabig nem láttam mást belőle, csak a két mellét, amik ettől a lassú, rafinált ritmusú mozgástól teljesen kiszámíthatatlanul ringtak fel-alá, előre-hátra.

– Kérsz meggyet?

Inkább szomjas voltam, és próbáltam a látványból minél többet elrakni télire.

– Eladó – szólt ismét.

Nem mosolygott, mégis úgy tűnt, mintha mosolyogna, mulatna valamin. Szemét kerestem, de csak a tűzopálszerű keretbe foglalt tükrökben nézegethettem magam. Közelebb toltam a fejem hozzá, hátha a feketeség mögött felfedezem a szemét. De továbbra is a görbe tükröt láttam, benne valami béna portrét egy megnyúlt orrú és arcú ürgéről, aki zavartan kutat valami után.

– Vagy másért álltál meg?

Némasági fogadalmam kezdett hosszúra nyúlni. Az előre kitalált szövegem viszont sehova nem kapcsolódott; úgy keresgéltem a szavak között, mintha itt, az út szélén a legfontosabb lenne, hogy jól tudok-e kapcsolódni.

Lassan kihúzta a pecabotot blúza rejtekéből, és felém nyújtotta.

– Azt hiszem, neked most ez is elég lesz...

– Mennyi?

– A meggy? – És most valóban mosolygott... enyhén, ráérősen. – Az attól függ, mit akarsz?

– Nem szállnál be?

– Nem, előbb döntsd el, hogy mit akarsz.

– Mit akarhatok?

– Nem túl széles a választék... például nézheted, ahogy levetkőzöm, és meztelenül felmászok a meggyfára... ha akarod, fényképezhetsz is.

– Ez mennyi?

– Csávó, te tényleg ilyen zombi vagy? Aztán majd az őrszobán látom viszont a fotóimat.

Visszafordultam az út felé, és sebességbe raktam az autót.

– Jó, nyugi... szopás három, dugás hat, extrák nincsenek.

A kuplungon tartottam a lábam. Időnként elzúgott egy-két autó, a szemem sarkából úgy tűnt, bámulnak, sőt utánunk fordulnak.

– Szállj be!

– Hozom a cuccom.

Eltűnt az ablakból, ruganyos léptekkel indult az árok túloldalán lévő bozótos felé, közben felriszálta csípőjén szűkre szabott szoknyája alját; teljes egészében láttatta hosszúra sikeredett, izmos combjait. Lendület nélkül ugrott el, meglepően nagyot. A túloldalon landolva besasszézott a bokrok közé. Nullába tettem az autót, és azon gondolkodtam, mit keresek itt. Hányszor gondoltam már végig, hogy milyen lehet egy ilyennel, és hányszor vetettem el teljesen érthető biztonsági okokból, hogy kipróbáljam. Egyfelől nem nagyon csináltam még kocsiban – tulajdonképpen szabadban sem. Egyáltalán hova megyünk? És mekkora az esélye annak, hogy valaki – esetleg ő – megpróbál kirabolni? Kell az, hogy valami ismerős meglássa az autóm? Másrészt hányszor határoztam el, hogy ma megállok és beszélek vele? Csak beszélek, és semmi több. Aztán, ha beszélünk, majd meglátjuk. De mostanra kezdett kissé zaklatni a tökölésem – végül is mi történhet? Ezt is ki kell egyszer próbálni. Á, hagyjuk, majd legközelebb.

Ismét megdolgoztattam a sebváltót.

Ekkor esett be az ajtón. Bugyorszerű táskáját leejtette a padlóra a lába közé. Nem abból az irányból jött, ahol eltűnt, ezért nem vettem észre.

– Indulhatunk.

Valami orgonából, gyöngyvirágból vegyített illatot hozott magával, nagyon frissnek tűnt. Cipőjét lerúgva – mellesleg most láttam meg az öt centis sarkakat, ugrására visszagondolva még nagyobbat nőtt a szememben –, bal lábát maga alá tekerte. Ettől szoknyája megint a combja tövéig felcsúszott. Elindítottam magamban egy kvízjátékot: vörös hajú hölgyjátékosunk visel-e bugyit? Testével felém fordult, és nézett.

– Tudod, hova megyünk?

– Én? Azt hittem, majd te mondod.

– Aha, csak kérdeztem... akkor látod azt a nyárfát? Ott fordulj jobbra. De ha nem akarsz rallyzni, ne nyomd így neki.

Lassítottam. Valami mentafelhő is elért hozzám, pedig nem rágózott. Akkor majd én. Elkezdtem a zsebeimben kotorászni.

– Megfogjam a kormányt?

Nem válaszoltam, szemem sarkából ránéztem. Meglehetősen komolyan tettem. Az autó tabu, a kormánya is.

– Vagy jobb' szeretnéd, ha a sebváltót markolnám? – poénkodott, és lassan felém nyúlt.

– Csak rágót keresek.

– Azom is van, gumival jól el vagyok eresztve – mosolygott.

– Jó lesz az enyém is. Levennéd a szemüveged?

– Lassíts, itt balra megyünk.

Nem sikerült jól megválasztanom a sebességet, jobbra-balra dülöngélt, mintha rá is játszott volna, alig bírt megkapaszkodni a combomban.

– Üm, milyen kemény?!

Végre megtaláltam, amit kerestem, bekaptam egy drazsét, szopogattam, rágogattam magamban. Nem kínáltam meg őt.

Mondtam volna, nem kell nekem ez a színjáték, de díjaztam, hogy megdolgozik a pénzéért. Már dűlőnek sem nevezhető csapáson jártunk, a fák bedőltek az ablakon, a magasra nőtt fű fényesre sikálta az alvázt. Időnként felé néztem, de nem volt új útiparancs, mentem tovább. Keze a combomon maradt. Rázkódtunk még egy darabig, engem pedig kezdett zavarni, hogy le sem vette a szemét (szemüvegét) rólam.

– Itt állj meg.

Szavait megerősítve megszorította a combom. Ettől váratlanul felbukkant egy kép. Apámmal vasárnapi sétánkon koromat meghazudtolva, nagyon ügyesen előre köszöntem minden ismerősének, hogy aztán az ő legnagyobb megelégedésére agyondicsérjenek: „nahát, ez a kisgyerek milyen okos". Ő is ezt a trükköt alkalmazta, csak ő a kezemet szorongatta. Egy darabig tetszett ez a játék, aztán egyre kevesebbszer hagytam, hogy birtokba vegye a kezem. Hogy ne kelljen civakodni, hátam mögé dugtam a kezem, ettől olyan peckesen jártam, mint egy meg nem értett matektanár. Ez is nagyon tetszett a felnőtt-társadalomnak. Végül is neki mindegy volt, hogy miért dicsérnek; fő, hogy büszke lehessen rám. Hatévesen ez nekem is nagyon fontos volt.

Kiszálltunk az autóból.

– Gyere!

Némi vívódásom támadt a kocsival kapcsolatban: mit kéne kivenni belőle, bezárjam-e, milyen messzire megyünk, ez nem biztonságos.

– Gyere, nem lesz semmi baj. – Ismét úgy tűnt, mintha mulatna. Egyre erősödött bennem az érzés: még nem késő, most kell visszafordulni.

– Hova megyünk?

– Pár lépés, és már itt is vagyunk.

Átbújtunk egy erőszakos fűzfafüggönyön, és egy ligetes, kevésbé elvadult kép kezdett bemutatkozni. Elsőként egy ismerős köszönt rám: pár ágától megfosztott, de még így is roskadozó meggyfa. Törzse vastagságából ítélve nem tavaly rakták ki ide. Sarjakat is bőven nevelt, némelyik vessző messze tőle versenyzett a magasra nőtt fűvel. A meggyfa mögött kőrakás húzódott, magassága váltakozott. A vegetációtól erősen befolyásolt romos ház éke a felismerhetetlenségig elüszkösödött ablakkeret. Mi minden bizonnyal az ajtón léptünk be. A kőfal egyik szegleténél, az omladozó kövektől megtisztított, frissen kaszált fűvel borított rész előtt álltunk meg. Ebből idegenkezűségre következtettem. Emlékeim szerint a nők nem tudnak, és nem is szoktak kaszálni. A tudat, hogy más is lehet itt rajtunk kívül – feltehetően egy másik férfi – nem nyugtatott meg, de különösebben nem is lepett meg. Valaki őt is futtatja.

– Megjöttünk.

A sarokból felemelt egy pokrócot, széthajtogatta, kirázta, és beterítette vele a fűágyat. A pokróc alól előtűnt egy tízliteres műanyag kanna – benne talán víz –, egy sárga műanyag szemetes zsák némi tartalommal, és egy sporttáska. Megállt előttem.

– Na, mi lesz? Levetkőzöl?

– Nem tudom. – Elég béna válasz volt.

– Nekem mindegy, de az időmet akkor is ki kell fizetned.

Elnyújtózott az ágyon.

Tovább ácsorogtam, ismét alaposan körülnéztem. Minden túl gyorsan történt, kerestem azt az ellentmondást, ami bizonyíték arra, hogy ez az egész nem is létezik, én nem is vagyok itt, a csaj is csak az álom része.

– Dugni nem akarok.

– Áh… szóval azt szeretnéd, ha leápolnálak.

Nem válaszoltam; letérdeltem a lábához. Felkönyökölt, és maga alá húzta a lábait. Most tényleg mosolygott. Hibátlannak látszó és rengetegnek tűnő foga került elő hirtelen. Belém kapaszkodva felhúzta magát, és ráült a sarkaira. Töretlen lendülettel mosolygott – úgy éreztem, mintha én is ezt tenném. Blúza alját megemelve orrom előtt legyezgetett. Ismét érezhettem azt a rafinált illatot, amit a beszállásakor.

– És én levetkőzhetem? – Mindezt meglehetősen vérlázítón mondta, neves irodalmárok ekkor szoktak előhozakodni egy váratlan szófordulattal: „kacéran".

– Ühm.

Nem kapkodta el. Először nyakáig húzta fel a blúzát, mellei pont akkorák voltak, és pont úgy álltak, ahogy elképzeltem. Meglepő legfeljebb a bőre színe volt – egységesen bronz volt mindenhol, mintha testfestéket használna. Bal mellén egy tövises rózsa kanyargott – színesben. Végül blúzától úgy vált meg, hogy ívben hátrahajolt, mellei a szám magasságában remegtek – gondolom, nem véletlen. Mutatóujjammal végigkarcoltam a két melle között, a köldökéig. Fejét megemelve ismét telibe rám mosolygott. Guggolásba tornászta magát, és felemelkedett. Persze ezt is lassan, nem kevés kéjjel. Ahogy teste haladt felfelé, a fák koronája közé, szoknyája egyhelyben maradt az arcom magasságában. Kissé olyan érzés volt, mintha most születne meg a szemem láttára. Csípője finom mozgatásával egyre nagyobb terület bontakozott ki, megkerült a „Bermuda-háromszög" is. Telefonos játékunkban azok nyertek, akik arra tippeltek, hogy nincs rajta bugyi. De szőrzet sem melegítette, így nem rejthette a háromszög csúcsába rajzolt, szétnyílni készülő vonalat sem. Jöttek az izmos combok. Felsőtestével rám hajolt, hogy lábával ki tudjon lépni földre csúszó szoknyájából. Vörös haja beterítette tarkóm, vállam, kezével támaszkodva rajtam hajamat borzolgatta. Melle szinte automatikusan csúszott a számba. Igyekeztem nem mohónak látszani. Kezeimet megosztottam szabadon maradt melle és a még mindig lágyan ingadozó dereka között. Aztán valamennyi idő után a szám átvándorolt a másik mellére, kezem combján, fenekén utazgatott. Simogatásaitól ingem egyre nagyobb felületen kezdett megnyílni, végül kihuzigálta a nadrágomból. Hasonlóan kapott szabadságot a nadrágszíjam retesze, és a gombok. A cipzárhoz már mindkét kezére szükség volt, de nem okozott gondot a megnyitása, pedig ekkorra már bőven megváltoztak a domborzati viszonyok.

– Várj! – szakította meg meglepően gyorsan ezt az idilli állapotot.

Tőlem elválva a sarokba rakott sportszatyorhoz lépkedett, és egy műanyag poharat húzott elő.

– Kérsz vizet?

Most viszont már nem a szomjúságomat éreztem a leggyötrőbbnek. Megráztam a fejem, és végigterültem a fűágyon. Néztem a mozdulatait. Testét a nap megszűrt sugarai leopárdmintásra festették. Annyira hozzátartozónak tűnt a tájhoz, hogy ha hirtelen megmerevedik, nehezen lehetett volna eldönteni, hogy egy karcsú fa törzse látszik, vagy egy egzotikus állat, esetleg emberalak. Persze ez nem vonatkozott vörösen izzó hajára, és a zöld szikrákat lövöldöző, tűzopál keretes napszemüvegére. Így az összhatás inkább bizarrnak tűnt.

Lecsuktam szemem, az orromra és fülemre bíztam magam. A frissen vágott fű illata keveredett mindenféle felismerhetetlen virágillattal, a csend ellenére méhek zajongtak, madarak beszélgettek, olyan nyugalmat adtak, mintha egy kiránduláson piknikeznék. Teljesen valószerűtlennek tűnt ez az egész. Annyira, hogy ismét valamilyen csapdát éreztem.

Nem lehet valami ennyire finom.

Az ágyékomat eltelítő, bizsergető érzés kezdett megint felkúszni a gyomrom irányába. Váratlan eseményekre készült izomzatom, imitt-amott megfeszült. Szemem résnyire nyitottam – leskelődtem. A kőfalra rakott poharak felöntésével éppen végzett, de valami mást is rak bele. Teste takarásában nem látni, hogy mit.

– Mit csinálsz?

– Már jövök.

– Én nem kértem.

– Tudom.

Közben odaért, és egy szilárd részt keresett. Az egyik poharat lehelyezte, a másikba belekortyolt, a lecseppenni készülő nedvet felkanyarította a nyelvével, és ismét rám mosolygott.

– Félsz?

– Én? Kéne?

– Menta és citrom – utalt a pohár felismerhetetlen tartalmára.

Mosolya állandósult, leült mellém. Egyik kezében egyensúlyozta a poharat, a másikkal ott folytatta, ahol abbahagyta. Simogató és dögönyöző mozdulatára kiszabadult a ketrecbe zárt fenevad. Ismét kortyolt egyet, letette maga mellé a poharat, és gyorsan, de finoman megszabadított fölöslegesnek hitt ruhadarabjaimtól. Ellazultan hunytam be ismét a szemem.

Föl-le húzogatta a bőrt, eközben valami nedves lét csöpögtetett a fejére, később kisebb patakok kerestek utat az ágyékomon, ám mielőtt befolytak volna minden hajlatomba, kezével szétsimogatta őket.

Ez még többször megismétlődött, miközben újabb és újabb kortyokat vett a szájába. Hűvös borzongás indított versenyfutamokat testemen.

Pedig a kéj csak akkor kezdődött, mikor befejezte a különös „fürdetést", és hideg nyelvével tekergőzött tovább a hímvesszőmön, miközben én mellét és ágyékát simogattam.

Ez minden pénzt megér. Háromezer… nevetséges. Megadnám a tízszeresét is.

Megszűnt a külvilág.

Ágnes utazása (nálam)

– Mire vágysz most a legjobban?

– Hogy tudjam, mit gondolsz arról, amit eddig elmondtam.

– Elbizonytalanodtál?

– Nem, de abban, hogy így alakult az életem, vastagon részes vagy.

– És ez rám nézve pozitív?

– Szerinted? Itt lennék különben?

– A történet bárkié is lehetne; attól lesz a tiéd, ha tudjuk az indítékod. Valakinek a cselekedetit ismerve nem mondhatsz *róla* véleményt, csak megállapíthatod, hogy egy adott pillanatban milyen döntést hozott. Nem? Egyébként azt sem tudom, mit keresel itt újra. Bajod van, vagy csak szeretnél beszámolni? Mihez kéne hozzászólnom?

– Akkor itt hagyom a naplóm, abból mindenre választ kaphatsz.

– Jó.

– Azt sem tudom, hol kéne kezdenem – habozott.

– Mintha Írország lenne a fordulat helye.

– Aha… dőlj hátra, hosszú lesz.

– Van időm.

– Azt mondod az indíték? Azt hiszem, a kérdéseidre adott válaszaim indítottak el, és vittek egyre tovább. Mikor Írországban azon gondolkodtam, ha most eltűnnék, kiben milyen nyomot hagynék, fantáziámban alaposan kiszíneztem ezt a képet. Sorbavettem mindenkit, de olyan aprólékosan, hogy a 15 éve nem látott általános iskolai osztálytársaim is – szinte egyenként – előjöttek. Kicsit olyan volt ez, mintha a saját temetésemen lennék, és a mennyezetről nézném őket. Volt olyan, akivel el is beszélgettem, megnyugtatásként, hogy mennyire nem ért kár senkit, mert mit is veszítettek azzal, ha én már nem vagyok. Szóval hosszas munkával sikerült elérnem, hogy ismét előtérbe került önkezű kiiktatásom.

De ahelyett, hogy a módján kezdtem volna izmozni, úgy döntöttem, hogy van három hetem, minek siessek. Idáig máskor is eljutottam, legfeljebb nem ilyen részletességgel. Most viszont ezen a problémán túllépve azon kezdtem el filozofálgatni, hogy mi lesz *azután*. Mi fog történni velem? Nem is annyira a fizikai lét érdekelt, mert úgy éreztem, hogy ahhoz már semmi közöm. Tehát, ha valami új alakban megszületek – tételezzük fel, emberként –, akkor mit csinálnék másképp, és milyen lennék. Számtalan alakot húztam magamra, és az volt benne a király, hogy mint kívülálló, egyiket sem ítéltem el. Sőt miután ez az alak *én voltam,* most elkezdtem kitalálni a történetét, mi alakította ilyenné. Lehet, hogy éppen kudarcos volt a soron következő – egyébként az elején csak ilyenek voltak, csupa hisztérikus fúriát, vagy valami lezüllött, ártalmas korpuszt játszottam el. De a szerepeimben mégis sikerült valami olyan apró pozitívumot előkaparni, amiért érdemes élni. (Akkor miért pont ebben a testben kellene befejeznem az itteni pályafutásom? Ennek is vannak pozitívumai.) Addig formálgattam az alakokat, amíg attitűdöket, gesztusokat, hanghordozást nem tudtam tökéletesen hozzáilleszteni a *szerephez.* Nagyon meggyőző előadásokat szerveztem a birkáknak. Egyre inkább kezdtem élvezni a játékot. De a lényeg inkább az volt, hogy olyan „problémás" emberekkel találkoztam, akiknek az élete az enyémnél is rosszabb volt. És tudod, mi volt a meglepő? Hogy ezek mind az én problémáim voltak, más embernél, más környezetben, talán még más korban is. Ez elvezetett odáig, hogy nincs divat, korszellem, filozófia, aktuális társadalom, bármilyen környezeti elvárás, ami torzíthatja az ember alapvető szerepeit, csak emberek vannak, ugyanolyan állatfajként, mint a többi a Földön, semmivel sem nagyobb értékkel, és semmivel sem kisebb jelentőséggel, egyszerűen vannak, mert megszülettek – ahogy nagyanyó mondogatta anno.

Tudod, hányszor jutottál eszembe? Volt az a házi feladatod, hogy álljak a tükör elé és próbáljam eljátszani a jó kislányt, legyek jegyellenőr, vagy egy gonosz anyós, vagy bármi. Mikor eljöttem tőled, hülyére röhögtem magam. Először azon, hogy majd ott bohóckodom a tükör előtt, aztán azon, hogy ki az a barom, aki elhiszi neked, hogy ez használ. Emlékeztem, hogy mit mondtál az inflexiós pontról, meg a szerepcseréről, de az egészet a vicc kategóriába soroltam. Viszont az általad ajánlott könyveket megvettem. Sőt el is vittem magammal egy-kettőt. Unalmamban esténként olvasgattam. Belelapoztam a Kockavetőbe, aztán nem tudtam letenni. Konkrétan, egy éjszaka elolvastam.

És megerősített.

De újra kellett magamban értékelnem az *alázat* kifejezését.

Vajon az évmilliók alatt hányan halhattak meg, ha csak a vallás szent eszméire gondolok? Egyáltalán bármi történhet-e anélkül, hogy ne kelljen szembetalálkoznunk az alázat gyakorlásával, születnének-e emberek, lenne-e élet a Földön? Mi a különbség, ha valaki kívülről kényszeríti ránk, vagy a hitünket követve vállalunk minden megaláztatást, akár a halálig? Egyáltalán ez a kettő azonos értékű?

Szóval nem kicsit káoszos ez a kérdés. Úgy gondoltam, hogy most eljött az ideje, hogy ezt rendbe rakjam magamban. Később rájöttem, hogy ezen állt vagy bukott, hogy nem dőltem a kardomba. Mert ebben szorosan benne van az is: ki is vagyok *én*?

Azt tudtam, nem elég elkezdenem a megszületéstől, sőt a fogamzás kezdetétől vizsgálni egy embert, az is kevés. Nem mehetek vissza ősökről ősökre, egészen Ádámig és Éváig, már csak azért sem, mert az alázat problémája copy by ember. Mitől alakul ki bennünk ez az érzés? Ilyennek nevelnek, vagy így születünk? Ha az első emberben is létezett, benne mi alakította ki? A félelem? Netán a szeretet? Hogy vannak ezzel az állatok?

És akár hiszed, akár nem, ez lett a kulcskérdés, mert a következő felvetés: na és a növények? Egyáltalán bármilyen élőlény a Földön, milyen tudattal vagy tudattalanul dönt alázatról?

Idáig két nap alatt jutottam el, pontosabban két nap és két éjszaka. Valamiféle imaginációs állapotban lebegtem, pedig semmiféle anyagot nem használtam, nagyon mélyen voltam magamban – vagy abban, akit annak hittem.

– Nem beszéltem róla, hogy hol laktam, pedig az is fontos. Mondjam?

– Kérdés? Naná, hadd jöjjön.

– A helyet Green Fox Village-nek nevezik, kilencvenketten élnek itt. A központban van egy bolt, benzinkúttal, mellette az orvos és a policeman élnek a családjukkal. Van egy gyár, tizenketten dolgoznak bennne – bőrdíszművesek, a birka bundájából csinálnak ezt-azt. Van egy községháza, de hétköznap ez a kocsma, és van egy patakjuk is, nyáron is jégkockákat kergetnek a fodrai. Akkora birtokaik vannak, hogy a házaik legkevesebb három kilométerre vannak egymástól. Reggel iskolabusz viszi a gyerekeket, délután hozza. Nyugalom minden szinten, az asszonyok kézimunkáznak, a férfiak a földeken vagy a ház körül tesznek-vesznek. Bár minden fontos géppel fel vannak szerelve, mégis olyan, mintha állna az idő. Én a központhoz közel egy nemrég megüresedett házat vettem ki. Dombon állt, kőből épült, és a patak a lábánál csörgedezett. Olyan teljesen elcsépelt, negédes, szirupos, talán nem is igaz. Green Fox „belvárosától" kábé négy kilométerre. A patakon kívül amerre néztél, kövek, csipkés sziklák, harsogó zöld fű, fák, birkák, levegő, nyugalom, erő.

Kedvenc szórakozásommá vált kiülni a patakpartra és nézni a vizet. A vízre hogyan érvényes ez? Látszólag ugyanott folyik – lehet – már évezredek óta, egy kőnél ugyanúgy szerteágazik; ha filmre vennéd és órákon át játszanád le, azt hihetnénk, hogy egy végtelenített felvétel ketyeg. Pedig ami „benne" van, az teljesen más képet mutat. Úgy sajnáltam, hogy nincs nálam mikroszkóp. Elképzeltem a moszatokat nagyban, és a különböző kis állatkákat, egészen az egysejtűekig. Mit csinál itt a vízben egy prokarióta? Számára mennyire fontos, hogy az történjen, amit ő akar?

Vagy számára teljesen természetes, hogy nincs önálló akarata, viszi magával a többség, nem gondolkodik semmin, annyit tesz meg csak, amennyiért ide küldték? Tehát ha valamelyik élőlény nem gondolkodik és nincsenek érzései, akkor az ő szótárából hiányzik az alázat. De érezni az egysejtűek is éreznek: lereagálják a külvilágból érkező ingereket, esznek, szaporodnak. Akkor most mi van? Nem alázatból teszik, amit tesznek, vagy igen, csak nincs rá szavuk, számukra fogalmak sincsenek, mindent „gyakorlatban" oldanak meg? Ismét oda jutottam, hogy teszik a dolgukat, és kész. Ha ez így van, akkor rájuk nem érvényes az alázat – nem értelmezhető. Ennyire tökéletlenek lennének? Lehet, hogy aki tervezte őket, így elkúrta volna? Mégis hát az ember a legtökéletesebb, ezért áll a táplálkozási lánc legvégén?

Szintén te ajánlottad azt a Lipton-féle könyvet a sejtekről. Sajnos azt nem vittem magammal, mert csak azután vettem meg, hogy hazajöttem. De a benne leírtak kísérteties azonosságot mutatnak azzal, amin én itt izmoztam. A tökéletesség azt jelenti, hogy nem csinálni olyat, ami értelmetlen. Jól gondolom?

– Nem tudom, folytasd.

– Nem akarom túldumálni a dolgot, csak szeretném, ha látnád, hogy hova jutottam. Szóval mi azt gondoljuk, hogy tökéletesek vagyunk, és az ősközösségben primitív emberek egy csomó mindent nem tudtak használni, egyszerűen csak éltek, ettek, szaporodtak, és reagáltak a külvilág ingereire. Céltalanul kóboroltak, a nők bogyókat, gyökereket gyűjtögettek, gyerekeket szültek nagy számban, mert sűrűn haltak, a férfiak vadásztak, általában a húsiparban voltak érdekeltek, amijük volt, azt *megosztották* egymással. Nem éltek nagyon aktív érzelmi életet, tették a dolgukat. Ezt tudjuk általában és felületesen. Szerepeimben voltam ősember is. Én nem vadásztam, csak azt szerettem volna, hogy én ne legyek elesége senkinek, érzékeim teljesen rá voltak állva, hogy mi történik a környezetemben. Mi is hordában éltünk. Az állatok vadásztak egymásra, ha legyőzték a másikat, megették. Én nem vágytam győzelemre, és nem akartam megenni a másikat. Láttam, hozzájuk képest milyen parány vagyok, de nem akartam a nálam kisebbeket sem bekebelezni.

Megelégedtem a növényekkel. Amikor a hordából valamelyik „erős fazon" húst evett, olyan beteg lett, hogy napokig csak görnyedezett valami vízparton, a nők pedig növényeket dugdostak a szájába, aztán hetek teltek el, mire újra velünk jöhetett. A mi hordánkban nem volt nemi különbség, nem voltak nemi szerepek, sokat nevettünk, és simogattuk egymást, fájt, ha valaki „elment" közülünk. A férfiak, vagyis én is, ugyanazt csináltuk, mint a nők: bogyókat szedtünk, ezt-azt gyűjtögettünk. Kivéve, hogy mi nem szültünk és nem szoptattunk. Ha valamelyik nő szült, mind ott voltunk körülötte. Nőkkel és férfiakkal is közösültem, elsősorban nőkre indultam be, de amikor ők éppen szüléssel voltak elfoglalva, vagy nem volt *kedvük,* akadt olyan hímnemű, aki nem bánta, ha eljátszadoztam vele is. Mindenkit szerettem, már ha ez azt jelenti, hogy mindegyikük egyformán fontos volt nekem. Volt egy nő, amelyikkel több időt töltöttem, az ő gyerekeinek nagy része hasonlított rám. Vele szerettem együtt lenni, mert annyira volt jelen és távol, ahogy az nekem jólesett. Figyelmes volt, ha valamire szükségem volt, előbb észrevette, mint más. Segített, és én ugyanígy neki. De soha nem *vártunk* el egymástól cserébe semmit.

Volt olyan is, amire nem volt közvetlen szükségem, de *megtetszett,* ezért magamra raktam. Ha fáztunk, leveleket, füveket ragasztottunk magunkra, növényi nedveket, mézet használva – nem jutott eszünkbe, hogy más állat bőrét használjuk fel.

Féltünk az állatoktól. Védekeztünk. Amikor sokat esett, mi is barlangot kerestünk. Mikor hidegebb lett és be akart jönni valamelyik, elkergettük botokkal, kövekkel. Volt olyan, amelyiket megöltük, de nem ez volt a szándék: tiszteltük mindegyiket, mint ahogy egymást is. Nem akartunk senkit legyőzni, nyugodtan akartunk élni, nevetni és simogatni egymást, mert azt nagyon szerettem. Nem kellett megalázkodnom, és előttem sem alázkodott meg senki. Hogy is tehettem volna? Mi örömet akartunk szerezni a másiknak, nem bánatot. Ha valamelyikünknek rossz kedve volt, mondjuk rosszat álmodott, a többiek vagy valaki odament hozzá játszani, vagy csak ülni mellette. Sokat álmodtunk, ezeket eltáncoltuk, eljátszottuk egymásnak. Álmaim nem voltak

félelmetesek – időjárással, tájakkal, állatokkal kapcsolatosak –,
de így álmodtam meg azt is, ha lábamra háncsból kengyelt fonok, segítségével könnyebben fel tudok mászni a fára. Ezt is eltáncoltam a többieknek.

Nem voltak főnökök, csak olyanok, akik valamiben jobbak voltak, mint a másik. Én nagyon gyorsan és kitartóan tudtam futni és érdekes „találmányaim" voltak, mert jó megfigyelő voltam. Ezért vándorlásaink során mindig én mentem előre. Ha valami gáz volt, gyorsan visszarohantam, és másfelé tereltem a csapatot. De vizet és gazdagon termő vidéket is én kutattam fel. Ezért sokat voltam egyedül; néha napokat lapultam, hogy ne vegyenek észre különböző rám vadászók. Volt olyan, amikor nem jártam sikerrel, és a gyorsaságom sem segített. Botom egyik végére egy jókora gömbölyded követ erősítettem, a másik meg pengeéles hegyben végződött. Ha nem volt választásom, használtam őket, de mindig féltem, és örültem, hogy megúsztam. Amelyik állatot megöltem, nem haragudtam rá. Néha az anyaállat kicsinyeit összeszedtem és magammal vittem, a gyerekek játszottak velük és etették őket, azután amikor már tudtak magukról gondoskodni, elengedtük őket. Némelyik sokáig követett minket felnőttként, de nem bántott, sőt volt egy medve, amelyik megvédett – mikor megsérültem egy óriásgyíkkal harcolva –, elkergette mellőlem a nagyobb ragadozókat. Mikor már tudtam járni, magamra hagyott.

Szerettem rajzolni homokba, vagy megszenesedett fával kövekre, így tudtam megmutatni a többieknek, hogy mit láttam az utamon. De így értettük meg egymást akkor is, ha azt kellett eldönteni, hogy milyen irányba induljunk tovább.

Néha játszottam a gyerekekkel. Harapdáltam, csiklandoztam őket, vagy valamilyen állatfigurát játszottam el, aki fel akarja falni őket. Tanítottam őket, hogy mit kell ilyenkor csinálni, hogyan segítsenek a másiknak, ha az bajba kerül. Szóval így éldegéltem.

Ez az egyik legnehezebb szerepem volt, mert nagyon kevés színészi eszközöm maradt. Azon gondolkodtam, ez azért van, mert ennyire unalmas ez a szerepem, vagy azért, mert sokkal kevesebb a „sallang", és ezért nem tudom annyira izgalmasnak hozni a fazont. Vagy ma már csak a nagyon összetett, agyonbonyolított dologra tudunk beindulni, és azon tudunk élvezkedni, vagy éppen nyafogni, hogy nekünk milyen borzasztó a sorsunk. Az egyszerűség silány vacakká vált.

A másik dolog, amire választ kellett találnom, mi az én *életprogramom*. Ezt is együtt próbáltuk kideríteni, mondanom sem kell, hogy amikor először hallottam tőled, nem nagyon értettem, mit vársz. Mit kell magammal csinálnom szerinted, hogy rájöjjek. A szerepjátékok jó felé vittek.

– Mielőtt ebbe belefognál, tedd számomra plasztikusabbá, hogy mit értesz ezen a szerepjátékon.

– Játsszam el a szerepet?

– Ühm.

– Mi legyek?

– Egy ötéves kislány, aki rém agresszív mindenkivel, mindenhol pufi, meggyőzhetetlen. Az anyját fogadja el egyedül, de nála is vannak dühkitörései. Apja hétvégenként elviszi, de nem foglalkozik vele, többnyire a nagyszüleinél parkoltatja. Jó lesz?

– Ühöm – válaszolt elgondolkodva.

Percekig maga elé meredt. Nem akartam zavarni, érzelmek suhantak át az arcán, majd lehajtotta fejét és így maradt. Mikor újra felemelte, rám mosolygott. Tündérien tette, de egy pillanatig nem éreztem magam mellette biztonságban. És igazam lett. Úgy csusszant le a parkettára, mintha el akarná terelni a figyelmemet. Folyamatosan mosolygott, szemét le nem vette rólam. Tudta, hogy rosszalkodik, de próbálta leplezni. Én meg azt tudtam, hogy valamiben mesterkedik. Belementem a játékba.

– Ágica, ülj vissza a helyedre!

Válasz helyett valami olyan hangot hallatott, mint a malacok, mikor a vályúnál szürcsölik a kaját. Miközben megmerevedett, és arcáról eltűnt a varázsos mosoly.

– Ágica, piszkos lesz a ruhád – próbálkoztam újra. Ismét röfögött válasz helyett, de most agresszívebben, fejét előrebökve nyomatékosította.

– Nézd csak, a mamád milyen szomorú, hogy így viselkedsz!

Visszacsúszkált a szemben lévő székhez, felhúzta magát, úgy helyezkedett el, mintha az anyukának a bal lábán ülne, fejével és testével szorosan hozzásimulva. Megbánónak és meggyőzőnek akart látszani, a képzeletbeli anya korholta, mire rá is megharagudott, és felé röfögött, karmolt. Mintha birkóztak volna. Eljött az idő, hogy újra beavatkozzam.

– Hagyjad, hadd mászkáljon, csinálj úgy, mintha itt sem lenne – adtam anyukának az elsőosztályú tippet. Ezzel megint magamra vontam a figyelmét.

– Ha nem veszel róla tudomást, hamarabb abbahagyja – biztattam tovább. Miközben Ágica újra a földre került, és abban mesterkedett, hogy kioldja a cipőfűzőmet, és a szék lábához kösse. Nem néztem a földön hernyózó kislányra, de folyamatosan emelgettem a lábam, ezzel megnehezítve számára az egyébként sem könnyű munkát. Nagyon kitartóan igyekezett, de előbb-utóbb be kellett látnia, hogy ez nem jön össze. Próbáltam semleges maradni, és csak az anyuka felé küldeni meta-jeleket. Végül elállt szándékától, abbahagyta a cipőfűző-akciót, és úgy tűnt, nyugton marad. Sírásra görbült a szája, és megint rám röfögött dühösen egy párat.

– Nem akarnál inkább beszélgetni velem? – kérdeztem. Ismét röfögött.

– Pedig tudok egy nagyon jó játékot, ha hajlandó vagy felállni, megmutatom. – Röfögés.

– Igaz, hogy nagyon szép verseket tudsz? Elmondanál egyet? – Az ismert válasz érkezett.

– Jó, hát akkor játszunk anyuval. – Közben ismét mozgolódni kezdett, bebújt az asztalom alá, és felborította a táskám, kezdtek kicsúszkálni belőle az irataim.

– Ágica, azt tedd le, ezzel nem játszhatsz! – szóltam erélyesebben. Röfögött, és felém karmolt. Elhúztam a kezem.

Az anyja megunta, és felrántotta földről (nagyon élethű volt, fizikailag is értékes mutatvány). És most kezdődött igazán a hiszti. Az anya átölelte a derekát, feltehetően folyamatosan suttogott a fülébe, miközben ő jobbra-balra tekergőzött, és megpróbált kiszabadulni... és persze folyamatosan röfögött. Tovább próbálkoztam.

– Tudsz pirospacsizni? Nézd, megmutatom. – Kinyújtottam magam elé két kezem. Kicsit megnyugodni látszott, már nem dobálta úgy magát.

– Nézd, te aláteszed a kezed az enyémnek, a tenyered felfelé van, és amikor nem figyelek oda, te alulról felcsapsz a kezemre. Ha ügyes vagyok, időben el tudom rántani, ha nem, akkor nekem nagyon fog fájni. – Ez az utolsó érv betalált. Egész odajött elém, abbahagyta a sírást, időként megszívta az orrát, és ingujjával is kenegette jobbra-balra a különböző váladékait. Végül óvatosan kinyújtotta a kezét, és az enyém alá riszálta. Amikor rám nézett, szinte izzott a szeme: káröröm és bosszúvágy tükröződött benne. Félelmetesnek tűnt. Aztán hirtelen kirántotta a kezét, és a jobbal eltalálta a kézfejem. Nézte a szemem, kereste benne a fájdalmat, de én csak mosolyogtam.

– Ezt nagyon ügyesen csináltad – mosolyogtam rá. – Nagyon gyors vagy – dicsértem. Újraindítottuk a játékot – megint talált, diadalmasan rám röfögött. A harmadik próbálkozásnál elrántottam a kezem, és csak a levegőt csépelte.

– Ez csak véletlen lehetett, nem is tudom, hogy történhetett, biztos szerencsém volt – mondtam bűnbánóan. De most úgy rakta a kezét a tenyerem alá, hogy egyik kezével megfogta, a másikkal ütött. Talált. Nem szóltam, hogy ez csalás, rendületlenül mosolyogtam.

– Szuper, te vagy az első, akinek sikerült eltalálnia a kezem – hazudtam. Ismét röfögött. De sokat lazult: a játék izgalma kezdte elnyomni a bosszúvágyát.

– Olyan gyors vagy, hogy én biztosan nem tudnám eltalálni a te kezed. Mit szólsz, megpróbáljuk úgy is?

Halkabban, és kevésbé agresszíven visszaröfögött. Egyre inkább a játékra koncentrált. Végül hízelgésem megtette a hatását; felfordította tenyerem, és az övét rárakta. Nem mozdítottam a kezem, ő mégis feszülten, ugrásra készen leste, hogy mikor mozdulok. Nem bírta türelemmel és olyasformán röfögött rám, mint aki figyelmeztetni akar, hogy elfelejtettem valamit. Eleget tettem az akaratának, és imitáltam egy kézre csapást. Persze nem találtam.

– Én mondtam, hogy nagyon gyors vagy, és semmi esélyem sincs ellened. – Láthatóan tetszett neki a dolog; már ismét mosolygott. Újrakezdtük, de most még jobban rányomta a tenyerét az enyémre, hogy szemernyi esélyem se maradjon a találatra. Nem is találtam. Úgy tettem, mint aki nagyon bánatos kezd lenni.

– Játsszunk inkább mást, te sokkal jobb vagy, nincs esélyem ellened. – Meglepetésemre érthető torokhangon, és nagyon kurtán, mintha röfögne, azt mondta:

– Nem! – Nem kezdtem el megünnepelni, hogy végre megszólalt, olyan természetesnek vettem, mintha eddig is így beszélt volna.

– Jó, hát ha nem akarod, akkor játsszunk tovább – ajánlottam. Felfordított tenyerem ismét kinyújtottam. Természetesen rányomta a sajátját, hogy véletlenül se sikerüljön eltalálnom. Beijesztettem, mire elrántotta a kezét. Nem vártam meg, még újra visszanyomja az enyémre, disznó módon azonnal ütöttem, ahogy keze az enyém fölé közeledett. Hatalmasat csattant mindkét kézfején a tenyerem.

– Csaltál, te szemét állat... – Itt hosszas felsorolás kezdődött, miközben körmével végig akarta karmolni a kézfejem, de résen voltam és elkaptam az alkarjánál, magam felé rántottam. Zokogott. Igazi könnyekkel. Fejét lehajtotta, elernyedt. Visszaült a székre, arcát kezébe temette és sírt.

A színdarab befejeződött. Ott ült velem szemben egy felnőtt, egy ötéves gyerek minden fájdalmával. Szipogott.

– Köszönöm. – suttogta.

– Én köszönöm. Ez nekem sokkal nagyobb élmény volt. – Figyeltem őt, ahogy a szerepből kezd visszavedleni. Sírása hamar befejeződött, légzése is rendeződött. Óriási, szilvakék szemeit rám emelte, fáradtnak tűnt. Halvány mosoly, amolyan Giocondás is megjelent szája sarkában.

– Azt mondod, élmény...

– Nem a színészi játékra gondolok, hanem az, hogy bejuthattam a szentélyedbe.

– Honnan tudtad, hogy pufi voltam?

– Minden kislány az, nem?

– Nem.

– Sokat feltételezel rólam. Egyébként első beszélgetésünk alkalmával tettem említést róla, hogy kicsinek mindenevő voltál, ha jól emlékszem, azt a szót használtam, hogy *vasgyúró*. Ezt meg most teszem hozzá: neked is fontos volt, hogy a külvilággal szemben hájat növessz. Ahogy nagyanyóval bántak a felnőttek, azt erősítette benned, hogyha egy ilyen bölcs és jóságos emberrel is így viselkedhetnek, akkor számodra milyen kilátások lehetnek. Védőburok, és hatékony védekezés kell...

– Letelt a másfél órám.

– Van időm, ma te vagy az utolsó. – Órámra néztem, és egy pillanat alatt átsuhant rajtam várható esti programom. Tudtam, hogy kimerült, de ha most félbehagyjuk, nem valószínű, hogy újra sikerül ezekre az energiákra rátalálnunk. Ha nem másban hinnék, azt mondanám: erre az ihletett pillanatra. De erőszakos sem szerettem volna lenni.

– Jó, kimegyek, rendbe szedem magam.

Pár perc múlva visszatért, fáradtságnak, sőt egyéb nyomorúságnak még a nyomát is elfújta a szél, újra a régi volt.

– Az életprogramomnál tartottunk.

– Szerintem éppen sok helyen tartottunk, de folytathatjuk akár onnan is.

– Oké, amit Green Foxban tanultam, az nem egyszerűen a természet és az ember kapcsolata, hanem a szabadság és minden energiával rendelkező valami kapcsolata. Ebből is azt tartom a legfontosabbnak, hogy szabadság sosincs kívülről, csak és kizárólag belül lehet. De az emberek valamilyen érthetetlen oknál fogva elfogadják, mit elfogadják, még tesznek is érte, hogy belül rabok, és mindenféle ideákat gyártanak, hogy védjék a külső *szabadságukat*. Milyen baromi nagy hazugság ez! Szerintem ha valaki a fejébe veszi, hogy feltárja a korrupció történelmét, akkor valahol itt kell kezdenie.

– Szerintem pedig a korrupció az, amiből téged kihagynak.

– Hö-hö-hö. Hülyére röhögtem magam. Nem tetszik, amit mondok? Nem értesz velem egyet? Most miért akarsz bezavarni?

– Éppen a szabadságomat gyakoroltam... a „szólás"-t.

– Nem, te ironizálsz.

– Ágnes, tisztellek téged is, meg a történéseidet is. Amiről most beszélsz, az megtörtént – legutóbb Woodstockban. Tudod, a hippimozgalom idején…

– Igen, tudom, mit akarsz mondani – vágott közbe érzelemdúsan –, csakhogy én nem hirdetek semmit. Szeressük egymást, emberek! Hol jön ez ahhoz, amiről én beszélek? Letépjük a virágot, aztán a hajunkba tűzzük, vagy a sliccünk gomblyukába? Az egész tényleg nem volt más, csak forradalom, lázadás valami ellen, fanyalgás a gazdagok, a törtetők ellen.

Szó sincs róla, hogy én erről beszélnék. Én azt mondom, legyél te a virág, mert az is vagy! Nem a másik életedben, itt és most! Érző, látó, halló virág, aki nem beszéli az emberek nyelvét, de ha valami csoda folytán megtehetné, megtudnánk az ő életprogramját, mert neki is van. Olyan, ami kizárólag csak az övé, ami őt jellemzi. Ha az idő- és a térsíkjai úgy érnek össze, akkor lehet, hogy ember lenne, vagy vízcsepp.

– …

– Tudod, miért jöttem ide? Mert rajtad kívül egy embernek beszéltem a gondolataimról, ő megértett. És te?

– Ki ő?

– A nagybátyám.

– Most született?

– Majdnem. Anyám öccse. Nem emlékszem, hogy valaha is beszélt volna róla. Így utólag, hogy sikerült megismernem élete történetét, nem is csodálkozom rajta. Nagyanyó emlegette egy párszor, és együtt is imádkoztunk „szegény Kálmán életéért”. '90-ben Dubrovnikban nyaraltak, Kálmán akkor 15, anyám 19 éves volt. Mielőtt indultak volna haza, Kálmán eltűnt, hátrahagyott egy levelet, hogy ne keressék, mert akkor megöli magát. Nagyapó persze nem akarta ennyiben hagyni a dolgot, de nagyanyó azt mondta, hadd menjen, éljen magának. Évekig nem tudtak róla, nagyapa sokat emésztette magát miatta. Majd öt évre rá jött egy rövid levél, hogy beállt a francia légióba. Nagyapó bosszankodott, nagyanyó csak hallgatott, a nővére – azaz anyám – pedig ekkor döntötte el, hogy kitagadja a családból. Aztán harminc év után tavaly megjelent a munkahelyemen, kihívatott. Mikor közeledtem felé, tudtam, hogy ismerem. Dús, szőke haja copfba kötve, fekete bőrgatya, bőrcsizma, bőrmellény, napszemüveg fejére feltolva. És csak ennyit mondott: „Hello, kislány, nem gondoltam, hogy még valaha újra láthatom *anyámat*." A meglepetéstől nem nagyon tudtam, hogy miről beszél. Felpattantam a Harleyre, és elmentünk beszélgetni. Aznap már vissza sem mentem. Nagyon lenyűgözött, amikről mesélt. De ez egy másik történet, és nem kevésbé kuszább, és rövidebb, mint az enyém.

– Mesélj még, Seherezádé! – kértem.

– Maradjunk az Ágnesnél – javított ki azonnal. – Zanzásítva: a légiónál kiképzett ölőember lett. Nem csak háborúban vagy zavargásoknál, de politikai csínytevéseknél is felhasználták őket. A vele együtt bevonulók közül vagy harminc emberből öt év után összesen ketten szereltek le egy jelentős obsittal. Azt mondta, szerencsés volt, de mivel mindenféle kitüntetése van, talán szerencsénél is többre volt szüksége. Egy darabig megpróbált beilleszkedni a civil életbe, de hamar börtönbe került por, nők és egyéb ügyek kapcsán. Szerencsére a pénzét félretette. Aztán beszippantotta a francia titkosszolgálat, hivatalosan bodyguard lett, de a feladata ennél sokkal több rétű volt. Innen is csak nagy sokára szabadult; szerencsére nem zsarolták, ahogy ez a filmekben szokott lenni, simán elengedték. Aztán keletre költözött, elvett egy tajvani születésű nőt, gyerekeik születtek, dokkmunkásként és hegesztőként dolgozott a tengeren, egy fúrótornyon. Betegségben meghalt a kisfia, visszajött Európába, pontosabban Hollandiába, nyitott egy önvédelmi sportokkal foglalkozó iskolát, és amíg nem jött haza, itt élt. A suli most is működik, egy tanítványa vezeti.

– Szép?

– Hát nem semmi, az biztos.

– És mit kezdtetek közösen?

– Majd arról is beszélek, de hadd folytassam az életprogram-elképzelésemmel.

– Nosza.

– A legtöbb ember arra vágyik, hogy szeressék, elfogadják, és ő is szerethessen. Ha ez mind meglesz, akkor majd értelmet kap az élete. Ugyanolyan alkukat kötnek, mint Istennel; ha megsegítesz, majd meglátod, mennyire hű szolgád leszek. Ez a nem szabadság, a látszatélet, mert abban a pillanatban, amikor döntést kell hoznia, mindig bele fog szűrődni egy másik ember döntése is. Az a kislány, akit az előbb eljátszattál velem, azért küzd olyan keservesen, mert elvették tőle az élethez való jogot. Ezzel együtt azt a szabadságát is, hogy egyedül hozza meg a döntéseit. Minél több ilyen helyzetbe kerül, annál inkább bezártnak érzi magát, és ki akar törni; ha kell, zúzni fog. És ha minden így marad, akkor nagy eséllyel bekövetkezik valami olyan, aminek elzárás lehet a vége. És akkor sorsa beteljesül, megérkezett. Erre vágyott; hogy büntessék, kézzel fogható korlátokat akar, mert az végre nem hazugság. Az az abszolút valóság. Szerinted mit gondol az anyja szeretetéről? Egy pillanatra is elhiszi, hogy ő valóban fontos számára?

– Örülök, hogy újra szóba került. Ezzel a kislánnyal foglalkozom, nem kitalált személy. Ahogy „eljátszottad”, az pedig kísértetiesen hasonlított a velük való első találkozásunkra.

– Tudom – mondta szerényen.

– Kálmán azért ért meg, mert ő is ez a kislány volt?

– Lehet.

– …

– Kálmán maga a szabadság. Egyszer azt mondta: „Szerinted túléltem volna azt a sok borzalmat, ha belül nem vagyok szabad? Ha nem hiszem azt, hogy minden csak döntés kérdése, mert lehet embert is ölni, még olyan is van, amikor nincs más megoldás, de a jogot meg kell hagyni a másiknak, hogy dönthessen. Ha valaki a harcot választja, abban hisz, hogy ölni, öletni, vagy halni kell azért, hogy más élete legyen, annak a halál csak visszaigazolás. Vagy így, vagy úgy." Ezen rendesen elgondolkodtam, mert az emberi élet számomra szent és sérthetetlen. Ez a Darwin-féle ötlet szerintem itt bukott meg.

– Egyelőre hagyjuk szegény jó Darwint. Ezek szerint te is ez a kislány vagy?

– Miért, meglepő? Mondtam, hogy nagyon sok szerepem volt, és van ma is. Szerintem nagyon sok lénnyel élek együtt.

– Mint egy skizofrén?

– Ez a te szakmád, ezt ítéld meg te.

– Egy szerep után jobban érzed magad?

– Már hogy megkönnyebbülök? Inkább csak jó valakinek ennyire szorosan a részévé lenni. Több mint szeretkezni vele. Olyan, mintha újraszületnék, más alakban. Most miért ingatod a fejed, kételkedsz? Azt hiszem, pont ez a kétkedés, ami miatt autós maca lettem.

– Hogy mi?!

– Igen, tudom, ez tetszeni fog neked. Szerepként alakítottam kurvát is.

– Szoktál rajtam észrevenni tetszést vagy nemtetszést?

– Igaz, pókerarc. Nem látni rajtad kívülről semmit, de én már többször voltam a te bőrödben is, néha pontosan tudom, mit gondolsz, mit érzel. És rájöttem a te nagy titkodra...

– Ugye most kíváncsian meg kell kérdeznem, hogy mi az?

– Te ugyanígy készülsz fel minden kliensedre... igaz?

– Ha tényleg voltál bennem, akkor ilyen kérdést nem teszel fel. De tudod mit? Sokkal érdekesebb lehet, ahogy pénzért tetted magad.

– Joggal kérdezheted majd meg, miért nem elégedtem meg a szimultánnal, miért kellett kivinnem más emberek elé a kísérletezésemet? Bármerre nézel, az emberek olyan kapcsolati válságban élnek, ami nem áll egyenes arányban azzal a felhalmozott tudással és technikai ismerettel, ami az emberiség történetében feltehetően még soha nem fordult elő. Olyan identitásproblémák vannak, hogy fiatal srácok nem tudják eldönteni, hogy minek születtek. Ha valami elképzelésük mégis kialakul, nincs meg a kellő inspirációjuk, hogy valóra váltsák. Így aztán mindent álomszinten oldanak meg. Az álmokat meg nem belül találják meg, hanem másét élik át: internet, DVD, TV, mozi. Minek fáradjon azzal, hogy egy sötét helyen becsukja a szemét és elképzelje, hogy odamegy egy kiscsajhoz és ember módjára beszélget vele. Ha mégis – álmodozás nélkül – próbálkozik, a kiscsaj, aki esetleg már rég nagypályás, úgy bánik vele, mint egy kisemberrel szokás. És akkor ifjú emberünk megérkezett, mert az anyja ugyanígy kezeli. Aztán összefekszenek. És a srác rájön arra, amit a kiscsaj valamivel előbb felfogott már, hogy ez semmi. Ennyire akkor is volt jó, amikor marokmarcsázott, sőt ha lányunk már elmúlt tizennyolc és simogatták egymást lányokkal, hogy az még jobb volt, mert abban legalább valami érzés is volt.

– Honnan szedted ezeket a kiváló tapasztalásokat? – kérdeztem naivan, és persze fáradtan is.

– Várjál, még nem fejeztem be! Ez a fiatalok harminc százaléka. A többiek egyre inkább – valamiféle félreértelmezett istenhittől vezérelten – kiheréltek, szextagadók lesznek. Tartogatják magukat az igazinak, miközben igazán nem is hisznek benne, hogy van igazi. Kevés kapcsolati tapasztalatuk arra jó, hogy félelmek alakuljanak ki bennük, amit persze nem ismernek el. Teázókban filozofálgatnak pattanásaikat vakargatva, majd a kiscsaj átmegy fiúba és elviszi valahova, szerencsés esetben megdugja a srácot. Amit utána mindketten szégyellnek, mert ellenkezik a „vallásukkal”, és akkor innen elkezdődik a nagykínzási játszma. Még betegebbé csinálják magukat, mint voltak. Észrevetted, hogy mi nem tudunk ünnepelni? Tudunk fájdalmasan megemlékezni, tudunk *ünnep* címszó alatt fetrengeni, hogy kipihenjük az évközi fáradalmainkat, csak örülni nem tudunk. Hozzád jár olyan csaj vagy kissrác, aki megünnepelte, hogy elvesztette a szüzességét? Netán a családjával együtt? Pedig azt az ember csak egyszer élheti át, nem úgy, mint a névnapját. Hát nem egy baromság? A civilizáció csak ennyit adhatott nekünk? Jobb helyeken férfivá és nővé avatják a fiatalokat. Sehol nincs leírva, mégis pontosan azonosulnak a nemiségükkel.

– ?

– Szóval, eldöntöttem magamban, hogy azok, akiket az utamba hoz a sors, azoknak én adok valamit – mondanám, hogy minőséget. De inkább álmokat, meséket, szép meséket.

– Ezért álltál ki a sarokra? – kezdtem kicsit türelmetlen lenni.

– Ez sem volt poénos... – Ő is veszített a dinamizmusából.

– Folytathatjuk egy másik alkalommal.

– Szeretném most befejezni, különben nem tudom elmondani, hogy miért jöttem el hozzád. Egyébként egyszer sem álltam a sarkon. Az interneten párkapcsolati hirdetéseken mindenféle rémségbe botlottam. Házasságot, barátságot, játszótársat kerestek. De nem értettem a céljukat. A hasonló sorsúaknak így nem kell attól tartaniuk, hogy a másik nem érti meg? Nem kell szégyenkezni, hogy ő csak szextársat keres? Kevés energiát kell beletenni, ha bírja a segged az üldögélést a gép előtt. Olyan, mintha a vakok vagy más fogyatékosok csak egymással házasodhatnának, mert az egészségesek úgysem értenék meg. Lehet, hogy sikerült egy új kasztot létrehozni? Az internetes párok kasztját. Mi az, amiben segíthetek nekik? Nem, ez túl nagy falat volt számomra. Az egyszerűbb dolgok közelebb állnak hozzám. Még Green Fox Village-ben eljátszottam egy kurvát. Pontosan végigmentem az összes stáción, és kidolgoztam a részletekig az okát, hogy miért pont ez az, amire szüksége van. Ismét ráncolod a homlokod. Talán nem osztod, hogy ezeknek a lányoknak erre szükségük van?

– Nem, azokra gondolok, akiket elrabolnak, megerőszakolnak, majd munkába állítanak. A rengeteg tragikus körülmény tönkreteszi a lelküket. Inkább azokra, akik a kíváncsiság, esetleg a pénz okán belekóstolnak a jóba. Meg azokra, akik hiszékenységük miatt, meggyőződéssel teszik meg a fiújuknak, amit kér tőlük. Gondolod, kurvának lenni megalázó?

– Ezt neked kell tudnod.

– Nem vagy túl kommunikatív.

– Lehet.

– Oké, akkor nem kérdezgetlek. Azért van szükségük rá, mert akár a gyerekkoruk, a magánéletük is több szempontból bizonytalan, de a „munkájuk" az egyértelmű és biztos, és ebben lehetnek kiválóak. Tudni lehet, hogy miért és mi fog történni. Nem az üzleti szempont a legerősebb. Hidd el nekem, hogy több tisztességes feleség nagyobb kurva, mint ezek a lányok. A feleségek szinte semmit nem adnak azért, hogy jól éljenek. A férfiak nem attól lesznek férfiak, mert tiszta, vasalt cuccban járhatnak, mindennap meleg kaját kapnak. Ettől legfeljebb csak eltunyulnak és elhíznak. Ez csak utánzása az életnek, vagy – ahogy te mondanád – csak virtuális élet. Mindazt az időt, amit ezekkel a hiábavaló dolgokkal töltenek, inkább arra fordítanák, hogy meglepetéseket és ünnepnapokat kreáljanak, hogy kígyó módjára tekeredjenek rá a férfiemberre, amerre csak jár a férfi, az árnyékuk legyenek... tudod, akkor a kurvákra nem lenne szükség. Ehelyett megaláztatások sorát kell elviselniük. Az otthon elvadult férfiember, aki kevés élvezetet tudhat magának, úgy gondolja, ha majd fizet érte, az összes megalázó helyzetet most törlesztheti. És még a legnyuszibb is olyan agresszivitással kezd bele, hogy attól még egy guminő is megsértődne. Más kérdés, hogy az ő szexuális kultúrája sem jobb, mint nőtársáé. Ezért eleve mindketten csalódottak, de javítani a helyzeten nem akarnak, vagy nem tudnak. Erről hosszan tudnék beszélni, de inkább majd máskor. Elmeséltem Kálmánnak, hogy mit gondolok arról, hogy nőként hogy tudnék kiteljesedni. Hosszan hallgatott, majd azt mondta: „veszélyes". Látod, ezért kedvelem őt: nem tartott semmiféle hegyibeszédet. Mikor hazajött, visszavásárolta nagyanyó szülői házát; azt mondta, gyerekkorában itt érezte magát szabadnak. Húsz éve leégett, azóta senki nem lakott benne, teljesen elvadult a birtok is, másfél méteres a gaz benne. Azt mondta, hogy itt, a szabadban megpróbálhatom, úgyis csak a kíváncsiság miatt csinálom, nem a pénzért. Elmentünk és megnéztem a kisházat, egyből beleszerettem. Egy kikötése volt: ő is ott akart lenni. Mondtam, hogy ezt felejtse el, egyébként se féltsen, tudok én magamra vigyázni. Végül megegyeztünk, hogy egy jelzőkészülék segítségével tartjuk a kapcsolatot. Vettem magamnak egy extrakirály napszemüveget, aminek a szárába beleoperálta az adókészüléket, így amikor akartam, hallhatott is, de ha gáz volt, egy másik gomb megnyomásával tudtam hívni, hogy jöjjön. Csinált a tanya másik végébe egy kalyibát és ott olvasgatott, amíg én „dolgoztam".

Egyszer volt csak gázos ügyünk; egy helyi rajcsávó, aki a legtöbb lányt futtatta, próbavásárlásra jött hozzám. Persze nem ismertem, nem tudtam, hogy nem tiszták a szándékai, de mikor beültem a kocsijába, pár méter után félreállt és bicskát nyomott a képembe. Mondtam, hogy ne keverje magát bajba és hagyjon békén, de ettől még ingerültebb lett. Kálmán épp akkor rángatta ki a kocsiból, mikor rám mászott. Nem részlezném a történetet. Ez az eset elgondolkodtatott, bár a csávóval nem volt több bajunk, később már messziről integetett. Minden esetemet leírtam a naplómba, szerintem nagyon tanulságosak.

– Most már csak arra lennék kíváncsi, mikor volt minderre időd? Otthagytad a munkahelyed?

– Ááá. Sőt előléptettek. Minden ötletemet megvesznek, jó a kapcsolatom az embereimmel, és a főnökök tisztelnek; azt mondják, nem is gondolták, hogy fiatal korom ellenére ilyen mély és bölcs dolgokra vagyok képes. Az időm annyi, amennyinek akarom. Van, hogy éjjel dolgozom az irodában, vagy éjjel fallabdázom. Általában hétvégén álltam ki stoppolni; napközben, mikor a nagyon aberráltak a saját farkukat fényesítik, én az irodában dolgozom. Elvált vagy elhagyott, sajnálni való fiúk álltak meg, és állítom, hogy a helyzet jobban zavarta őket, mint engem. Egyébként így ismertem meg Igazi Ferit is…

– Akarsz beszélni róla? – tettem fel az álságos – ahogy a pszichológust elképzeljük – kérdést, fenéklemezem és a lábam elzsibbadt. Magamban felülvizsgáltam döntésemet; mégis meg kellett volna szakítani a beszélgetés fonalát, mert szinte minden egyes mondatához újabb és újabb kérdést tudnék feltenni. Így kicsit kapkodóvá válik, és lényeges dolgok elsikkadhatnak. Még egyszer találkoznunk kell.

– Lehet? – váltott komolyra. Fáradt volt a humoromhoz.

– Aha… legközelebb. – Gurulós székemmel az övéhez sasszéztam, szembe vele, megfogtam a kezét, szemébe néztem. – Eszméletlenül sokat fejlődtél. Nem beszéltem még a transzcendens énről, aki komplexitásával rendet teremt a káoszból, entrópikus személyiségével harmóniát teremt a környezetében, mégis, érdekes módon gyakran szembeáll a megszokottal, a tradíciókkal, és lehet, hogy egész élete egy merő küzdelem, amiből ő semmit nem vesz észre, hiszen csak azt teszi, ami a dolga. Nagy tanítók, művészek, sőt vallásalapítók lesznek ők... és tudod mit? Szerintem te megtaláltad a transzcendens énedet.

– Tudom – suttogta kiszáradt torokkal.

Második találkozás /Feri/

Letörölhetetlen vigyoromra figyeltem fel.

Mintha valami vicces CD-t hallgatnék, pedig mikor beszállt mellém a lány, kikapcsoltam mindent. Most, hogy eljöttem tőle, el is felejtettem visszakapcsolni. Min mulatok én itt kettesben az autóval, mi történik velem?

Talán megkönnyebbültem, hogy nem történt semmi bajom, a kocsit sem lopták el, nem tűntek el az irataim. Kifizettem egy tízest, a csaj azt mondta, a három elég. A többi bónusz volt, mondtam, rakja el, jól jöhet az még, de hétezret visszadugott a nadrágszíjam mellé, megfordított, mint a kisgyerekeket szokták, és azt mondta: „menjél, már várnak otthon". Ez lepett meg a legjobban; azt gondoltam, hogy még ennél is többet fog kérni. Másfél óra az elég sok idő. Eddig helyi beszámolókból arra következtettem, hogy egy numera kábé tíz perc – öltözködéssel együtt. De ebbe belefért egy eszméletlen kellemes teljestest-masszázs, mert szerinte kicsit görcsös voltam. Belefért egy dajkálás – háttal ülve nekidőltem a mellkasának, mellbimbói szinte felszántották a lapockámat, fejemet hátrahajtottam az övé mellé, karjait átfűzte az enyém alatt, és kezével a mellemet, a hasamat simogatta. Tán mintha dúdolt volna valamit. Mi is volt az? Olyan ismerősnek tűnt. Hogy is volt? Nananinedúdúdi. Hopp! Majdnem lesodródtam, komolyan, mint egy totálkáros hülyegyerek. Meg kell állnom, rendeznem kell magammal a dolgokat.

Kiszálltam a kocsiból, amibe alig tizenöt perce ültem be. Köröztem egyet körülötte, mint aki keres valamit. Sűrűn borzoltam a hajam, miközben a dallam sehogy sem jött elő, csak egy pár foszlány. Hátramentem a csomagtartóhoz, kinyitottam, és kivettem féltve őrzött kincsemet. Lassan vettem elő, mint valami szent ereklyét, és ebben a pillanatban tényleg tőle vártam a segítséget, a mitikus erőt. Tíz éve hű társam a munkában, készségesen hozzám simult, kicsit körbenyaltam, megsimogattam, és beleleheltem. Nekidőltem a csomagtartónak, becsuktam a szemem, és közben a lányra koncentráltam. Jöttek és mentek a dallamok.

Aztán rátaláltam. Igen, ez az – ujjongtam kicsit magamban. *Orf* úr, köszönöm. Kicsit vicces volt szaxival a Carmina Burana, de alakult.

Hirtelen – magam sem tudom, honnan – a semmiből jött elő, mintha valaki beleordította volna a fülembe: ezt el kell játszanod **neki**.

Gondolkodás nélkül vetődtem vissza a kocsiba, a szaxit az anyósülésre ültettem, de nem kötöttem be, elég nagyfiú már.

Tettvágy, lelkesedés és finom borzongás hízott bennem, sajnos nem túl sokáig. Percek múlva pont ott tartottam, ahol a nyuszika a fűnyírógéppel.

Kapj már a fejedhez, ő nem egy lány, akivel a Madách téren randizol. Ő csak a munkáját végezte. Szó se róla, profi módon. De valószínűleg ugyanígy tesz mindenkivel. És hirtelen elkapott a féltékenység a *mindenki* gondolatára. Előbbi vidámságomat már a múlt eszegette. És ha visszamegyek, de ő már egy másik hapsival kefél éppen? Hú, ez nagyon necces. Zenés dugás, felárral. Tök vicces. Tulajdonképpen lehetnénk üzlettársak is, élőzenére mehetne a kamaty – andalító, lágy szaxi… mit szaxi, szexi zenére.

Mikor már éppen kellőképpen felspannoltam magam, visszaértem az úton ahhoz a csapáshoz, ahol befordultunk a lánnyal a csalitosba. Bár folyamatosan beszéltem le magam, mégis egyre gyorsabban mentem előre, miközben már-már imádkoztam, hogy senki ne vegye fel őt, vagy ha már igen, ne vigye máshova. Őrjöngött bennem a kényszer: látnom kell, csak még egyszer, aztán nem bánom, legyen, aminek lennie kell.

Aztán még időben észbe kaptam: ha túl közel megyek a kocsival, megijeszthetem őt, bár nem látszott ijedősnek.

Leállítottam az autót, kikaptam a szaxit, és a hátralévő két-háromszáz métert már gyalog tettem meg. Tettem meg... mit beszélek itt magamnak?

Becserkésztem az erdőt, kezemben a szaxit pont úgy tartottam, mintha egy géppuska volna, mélyen meghajoltam, ahogy ezt az amerikai tengerészgyalogosoktól tanultam. Szagokat, nyomokat kerestem, hallgatóztam, szerintem Vadölő és Bőrharisnya testvérem is megirigyelték volna szakszerű közlekedésemet.

Végre ott álltam a fűzfafüggöny mögött, ziháltam, de úgy akartam csinálni, mint aki épp arra sétálgatott, vagyis visszafojtottam a légzésemet. Mikor kezdtem már kicsit megfulladni, igyekeztem hangtalanul kifújni, és egy újabbat slukkolni. Hallgatóztam, de semmiféle hancúros hang nem ütötte meg a fülem. Miért gondolom, hogy itt lehet? Azért mert nem volt az úton. És ha éppen fuvarban van? Nem érdekelt az sem; azt hiszem, itt nyomban el is döntöttem, ha még sincs itt, addig várok rá, amíg vissza nem jön.

Mikor a fűzfaágak után nyúltam, abban a szent pillanatban kellett anyámnak megrezegtetnie a mobilomat a zsebemben. Úgy ugrottam hátra, mintha a mobil helyén egy darázs lett volna. Magamban átkozódtam, de majdnem fel is röhögtem, ahogy kívülről magamban elképzeltem a látványomat. Elcseszett egy komikus pali vagy te.

Likvidáltam a mobilt, óvatosan, centikre elhúztam pár ágat, és a résen bekukucskáltam...

Sehol nem láttam őt.

Már épp visszafordultam volna, mikor egy alak vált el az árnyékától. Háttal állt, és a kőfalon piszmogott valamivel. Nőnek tűnt, de rövid szőke haja és a motoros bőrszerkó számomra beazonosíthatatlanná tette.

Ki vagy te? Egy másik nő? Esetleg együtt dolgoztok? Váltjátok egymást?

Hogy ne maradjanak megválaszolatlanul kérdéseim, féloldalt fordult és lehajolt; az arca ismerős volt. Visszahúzódtam az ágak mögé és beleleheltem a rézbe.

Becsuktam a szemem, már nem érdekelt semmi.

Megérkeztem.

A dallamok a vegetáció párájával lengedeztek bokorról bokorra, fáról fára. A körülmény és a tény, hogy sikerült, békével, nyugalommal töltött el, mégis hátborzongató izgalom remegtetett, mint fellépéskor a színpadon. Kis idő múlva gondoltam, megnézem, mit csinál, és a fűzfaágak közé dugtam a fejem. De egy ponton elakadtam, mert a vesszők felől egy kéz benyúlt és megmarkolta a tarkómat, egy másik a hangszeremet, és gyengéden, mint a kismamák a babától a cumit, úgy választott el engem is. Egy pillanatig tiszta ködben voltam. Az élmény hatása alatt még megijedni sem volt időm. A két kézből kinőtt egy jeti: legalább harminc centivel magasabb, negyven kilóval több, szőke lófarkas figura, olyan érdeklődéssel nézett rám, mint a biológus, mikor egy új bogárfajtával találkozik.

– Mit akarsz itt? – kérdezte tagoltan, miközben hangszeremmel együtt kihúzott a tisztásra. Erre a szitura nem volt kész forgatókönyvem, így a lány megelőzött.

– Kálmán! Hagyd... tök zsír ez a szaxi.

A nagy ember nem túl kapkodósan, de elengedett, és hagyta, hogy megőrizzem a hangszerem. A lány közelebb jött, smink és szemüveg nélkül alig lehetett felismerni. A vörös hajú csajhoz képest megjelenése sportosabb, de vonásai lágyabbak. Nem biztos, hogy az utcán észrevenném. Nem az ilyen típusú csajokat favorizálom. A szeme viszont eszméletlen: egyszerre sárga, zöld és szilva-kék, hívogató és távolságtartó.

– Szóval zenész vagy? – nézett fürkészően karba tett kézzel, nem kis mulatsággal az arcán. – Tényleg, mit akarsz itt? A bolt bezárt – váltott ismét kurvásra.

– Őőő... semmit.

– Az nem sok.

Elfordultam, és indultam vissza a kocsihoz.

– Várj! – szólt utánam. Féloldalt visszanéztem. – Egyszer meghallgatnám végig. Lehet?

Igazi Feri (nálam)

– Csak egyetlen kérdés. Mi képvisel számodra értéket, vagy mit jelent az, hogy érték?

– Megkérdezhetem, hogy miért pont ez érdekel?

– Persze…

– Miért?

– Miért jöttél el hozzám?

– Ágnes miatt. – Nem örült, hogy nem válaszolok a kérdésére

– Ő kért meg rá?

– Nem egészen. Csak szeretnék minél többet megtudni róla.

– Nem tudsz dönteni?

– Nincs miről döntenem, szükségem van rá.

– Ahá…

– Szeretném tudni, hogy te milyennek látod őt.

– Ez mit befolyásol? Ettől jobb anyja lesz a gyerekeidnek?

– Nem ez a kérdés. Lesznek-e egyáltalán gyerekeink?

– És ha nem?

– …

– Te szeretnéd?

– Először érzem ezt nővel kapcsolatban. Már el is képzeltem, hogy fog kinézni a kis lurkó, milyen lesz a…

– De…

– Nincs de.

Akkor miért vagy itt, miért nem a gyerekprojekted hajtod? Ebben a borús időben úgysem lehet mást csinálni.

– Nem is tudom, valamiféle jelre várok.

– Öhöm. Az ebben a szobában van egy csomó.

– …

– Tudod mit? Inkább kanyarodjunk vissza az eredeti kérdéshez, mert úgy tűnik, ebből nem a legszerencsésebben jöttünk ki. Mi az, hogy érték?

– Az érték valami olyan, ami több ember számára fontos. Lehet alapvető szükséglet, lehetnek érzések, tárgyak, szagok, hangok.

– Ezek szerint ami neked érték, az más számára is az?

– Az biztos, hogy növeli az értéket, ha minél több embernek szüksége van rá, ha hiányt tudnak bepótolni vele.

– Egy összerágott fejű babát találsz az úton. Lehajolsz érte, vagy elmész mellette?

– Még jó, hogy otthagyom.

– Mert értéktelen.

– Nekem az.

– És ha ez a te gyerekkori babád lenne?

– Akkor is.

– És most igazat mondasz?

– Szeretnék.

– Ágnes felvenné?

– Látod, ez az. Soha nem lehet tudni, hogy helyzetekre hogyan reagál.

– És?

– Van, amikor zavaró.

– Mert függeni akarsz tőle?

– Mert ha valakivel együtt élsz, tudnod kell, hogy mit gondol dolgokról.

– Miért?

– Hogy tudd, hogy mit várhatsz tőle.

– Mint a szaxival? Belefújsz, lefogsz egy hangot, és ha néma lenne, akkor is hallanád belül, hogy hogy szól?

– Igen, pontosan. Egyébként így szoktam gyakorolni, hogy ne zavarjam anyám.

– Anyádat zavarja, ha otthon fújsz?

– Néha igen.

– Miért nem költözöl el?

– Mert akkor már én sem lennék neki.

– Ha vele élsz, akkor vagy neki?

– Én nem csak vele élek, sokat foglalkozom vele, viszem ideoda, beszélgetek vele, meg ilyesmi.

– Mert ő értékes... és mert lehet tudni, hogy mire mit fog reagálni?

– Nem. Mert ő az anyám.

– Tehát mindez a törődés neki alanyi jogon jár?

– Ha arról akarsz meggyőzni, hogy nem ez a természetes, akkor te nem tudod, mit beszélsz.

– Nyugodtan mondhatod, hogy hülye vagyok.

– Miért akarsz arról meggyőzni, hogy gáz, ha az ember szereti az anyját?

– Gondolod, ez a tervem?

– Pontosan ezt teszed.

– Miben más anyád, mint a többi ember?

– Másnak nem más, csak nekem.

– Értem én, de miben különbözik a többiektől?

– Nem lehetne leszállni anyámról?

– De.

– Na, szóval Ágnes mit tenne a megrágott fejű babával?

– Nem tudom.

– Ha tudnád, mit mondanál?

– Nem érted, hogy nem tudom?! Most mondjak valami baromságot?

– Akár.

– Jó, te akartad. Berakná a retiküljébe, majd beülne egy Mekibe, elővenné a babát, megszoptatná, ott a nyílt színen, büfiztetné, tisztába tenné, énekelne neki, majd visszatenné aludni a retiküljébe.

– Tök jó. Látod, megy ez! És ha épp akkor ott lennél vele, féltéglával veregetnéd a melled, hogy milyen zsír srác vagy, még egy ilyen dilinós csaj mellett is kitartasz, miközben szégyenedben süllyednél vagy fél métert a tengerszinthez képest?

– És neked ezért még fizet is valaki?

– Hú, ez most nagyon macsós volt! Mit szeretsz Ágnesben?

– Mindent. Épp ezért igazságtalan, amit az előbb mondtál. Engem egyáltalán nem zavar, hogy másképp viselkedik, de szeretném jobban megismerni...

– Tudom, ezért jöttél el hozzám...

– Szeretném megismerni a mozgatórugóit.

– Mert így könnyebben tudod birtokolni.

– Mert ez a szerelem.

– Jól hangzik. Amikor visszamentél hozzá szaxizni az erdőbe, akkor már ismerted?

– Te is tudod, hogy nem.

– Akkor miért tetted?

– Mert mindenáron újra akartam látni őt; mert meg akartam neki mutatni, hogy mit csináltam a kedvenc zenéjéből.

– Ühüöm. Most beszélsz a szerelemről. Ha jót akarsz magadnak, elégedj meg ennyivel.

– De erre nem lehet egy életet alapozni. Te vele életprogramról meg ilyesmikről beszélsz, nekem meg azt mondod, hogy szarjak le mindent, és ne foglalkozzak a holnappal, ne tervezzek, csak éljek a mának, mint a többi zenész, aki teljesen elba… elcseszi az életét?

– Nem, én azt mondom, hogy hagyd anyádat is végre a saját életét élni. Már így is épp eleget lógtál a nyakán. Ágnest is hagyd élni, és alakítsd ki a te saját életed, és azt éld! Ne éppen a soron következő szituációhoz akarj illeszkedni, mert akkor az évek kilopják az életed alólad.

– De akkor kettőnk között minden esetlegessé válik, és elveszíthetem.

– Nem, csak azt veszítheted el, ami a tiéd.

– Szóval pattanjak le Ágnesről?

– Nem. Eleve rá se pattanj.

– Már késő.

– Feri, odaadnád a szaxidat?

– Nem szívesen.

– Mert?

– Nem szeretném, ha baja esne.

– Én, kis ügyetlenke, leejtem?

– Nem, érzékeny hangszer, bármi elállítódhat rajta.

– És akkor holnaptól vissza kellene vonulnod.

– Ezt hogy érted?

– Mi van, ha valaki ellopja a szaxidat?

– Az horror. Ne is mondj ilyeneket.

– Mégis…

– Megkerestetném.

– És addig?

– Nem játszanék.

– Lemondanátok a koncertjeiteket, a fellépéseket? Vagyis visszavonulnál?

– Nem. Egy darabig nem játszanék.

– És az „egy darab" után mi következne?

– Kéne szerezni egy másikat.

– Drága dolog?

– Szerinted? Benne van húsz deka ezüst, kézzel kalapálják, mondjak még valamit róla?

– Szóval drága. És mi a különbség a kettő között?

– Hogy az új még nincs befújva.

– Azt hogy kell csinálni?

– Most meséljem el részletesen?

– Ha csak nincs jobb dolgod.

Kelletlenül forgatja a fejét, mint aki nem tudja eldönteni, hogy a másik most ezt komolyan mondja, tényleg érdekli őt, vagy csak szívatja. Majd komótosan belekezd.

– Először csak simogatod, próbálod érzékelni az anyagban lévő feszültséget, az egyenetlenségeket, a hőfokát, belehallgatsz a tölcsérébe, hallgatod a búgó hangot, a tenger morajlását, aztán ujjaidat finoman ráhelyezed a billentyűkre, kitapasztalod, hogyan mozognak, mekkora utat tesznek meg, mikor lenyomod őket. Aztán a szádhoz veszed és belelehelsz. Először nem jön hang, de nem is kell neki. Azt figyeled, milyen gyorsan és mennyire akadálytalanul halad végig a levegő. Újra belelehelsz, de most már kicsit erősebben, ujjaidat nem mozgatod. Ez lesz az első közös hangotok. Ez a szaxi szempontjából is meghatározó: itt dől el, hogy jól fogtok tudni együtt dolgozni, vagy nem. Lehet-e vele együtt zenélni, élni, képes magától is rátalálni azokra a hangokra, amiket te csak megálmodsz. Ilyenkor éppen csak, hogy megzizzen, mintha egy asztmás nagyobb levegőt venne és sípolva kifújná; talán olyan lesz, mint egy kismacska nyávogása, vagy egy ajtó nyikorgása. De te ilyenkor már tudod, mire lesztek képesek – együtt. Ha nem tapasztalsz semmi elborzasztót, egy-két rövidet belefújsz – ezek már erősebbek, valahogy úgy, mintha a nyálat akarnád belőle kifújni. Nem baj, ha recsegni fog, most csak felmelegíted, kezded üzemi hőmérsékletre felhozni, figyeled a reakcióit. És végül lefogod az első hangot, és lágyan megfújod, aztán a következőt, finoman váltasz, nem erőlteted, csak figyelsz, kitartod a hangokat, figyeled a rezgéseit. Lehet, hogy első alkalomra ennyi elég, mert magadban újra akarod látni és hallani első közös „produkciótokat", de lehet, hogy valami lágyat, finomat fújdogálsz, mintha oda sem figyelnél a dallamra.

Pár óra múlva újra előveszed, végigcsináljátok az ismerkedési procedúrát, de most a végén kihozod belőle a maximumot. Most fogja megérteni, mi a feladata, tudjátok-e egymást segíteni.

– Ennyi?

– Nagyjából.

– Ez nagyon szép volt, amolyan Kisherceg meg a róka. De a kapcsolatotokból következik, hogy ezt te irányítod. Lehet, hogy nagy érzelmi finomsággal, odafigyeléssel, gondoskodással, de te vagy az ura és parancsolója.

– Nem, a barátja.

– Van olyan ember barátod, aki mindig megmondja, hogy hova menjetek, mikor mit csináljatok, mikor szólhatsz, mikor nem? Ez inkább engem egy autoriter szülő és az ő szeretetben megnyomorított gyermekének a kapcsolatára emlékezetet. Esetleg ismersz ilyet?

– Te élvezed, hogy az ember legszentebb dolgaiba is beletaposol?

– Nem. És a szaxi mindig élvezi, hogy kényedre-kedvedre fújkálod?

– Már sajnálom, hogy elmondtam ezt az egészet, úgy tűnik, semmit nem értettél meg. Egyáltalán nem érted, hogy milyen különleges kapcsolat a miénk.

– Most kiről beszélsz, Ágnesről vagy a szaxiról?

– Mindkettőről, vagyis izé... teljesen összezavarsz... persze, hogy a szaxiról.

– Gyere vissza, ha eldöntötted.

– Kész? Ennyit az értékekről?!

– Kimaradt még valami?

– Talán majd legközelebb…

– Ha találkozunk. Ugye erre gondoltál? Mert nem értelek meg, mert a lelki finomságaidra nem vagyok vevő. Folyamatosan sértegetlek.

– Ja.

– Miért nem vágsz vissza, miért futamodsz meg?

– Tiszteletből.

– Kamu.

– Mondod te. Engem így neveltek.

– Bizonyos emberek előtt hajbókolni, bizonyos emberekkel szemben tartózkodni, esetleg elkülönülni?

– …

– Neveltek? Az én fülemnek jobban tetszene, ha azt mondanád: „engem így szerettek". Talán akkor te sem nevelni akarnál, hanem szeretni. Mit szólsz ehhez?

– Én Ágnest nem akarom nevelni. Pont az fogott meg benne, hogy szabad. Miért akarnám tőle ezt elvenni?

– Nem mondta senki, hogy ezt akarod. De elvenni a szabadságát, vagy inspirálni arra, hogy nap mint nap újraszülethessen, az a skálának eléggé a két végpontja. Nem? Amikor első alkalommal visszafordultál, hogy elhúzd a nótáját, akkor ő maga volt az inspiráció, vagy ami előtte, kettőtök közt történt. Tán igen?

– Lehet.

– Innentől kezdve a dolog leegyszerűsödik. Mesélj egy történetet, amikor ez fordítva sült el.

– Nem lesz nehéz. Ezt akartam elmondani egyébként az előbb, mikor elküldtél, értékek címszó alatt.

– Nosza.

– Egy hete, szombaton, egy délszláv együttes koncertjén voltam meghívott fellépő, tömve volt a sportcsarnok. Ágnes ott állt a színfalak mögött, illetve ott álltunk, míg nem került rám a sor. Nagyon élvezte, kicsit mozgott a zenére, néha hozzám bújt, éreztem, ahogy remeg a teste. Olyan volt, mint szex közben. Több mint olyan volt, el is akart rabolni, de ellenálltam. Aztán én következtem. Amíg beértem a színpad közepére, rendezni kellet magam, szerencsére vitt a zene. Egy idő után megszűnik a külvilág, néha azonnal, néha percek múlva maradok egyedül a zenével. Mozdulataimban kevés a tudatosság. Néha lépkedek vagy hajlongok, két fújás között vigyorgok, vagy bólogatok, de ez mind a zenének, a társaknak szól, nem a közönségnek. Többnyire mindezt becsukott szemmel teszem. Egy idő után az volt az érzésem, hogy a taps nem akkor szól, amikor kell, és akkor elkezdtem figyelni Marcóék arcát. Szinte folyamatosan vigyorogtak, sőt leálltak, hagytak engem érvényesülni. Már csak a ritmusszekció meg én szóltam. Ők meg tapsoltak, de mintha nem engem néztek volna. Nem értettem a dolgot, a próbán semmi ilyenről nem volt szó, de az együtt zenélésnek mindig megvan ez a bája. Hát nyomtam tovább. Amikor a közönség már nagyon őrjöngött, körbenéztem. Oldalt, a hátam mögött Ágnes lengedezett, őrjítően szexi módra. Egyből kiesett a számból a szaxi. Próbáltam neki jelezni, hogy ezt csak a színfalak mögött. Abban a pillanatban beugrott, hogy ezért a gatyámat is kifizethetem. A szerződésünket ez a kis magánbemutató rendesen tönkrevághatja. De a közönség nagyon élvezte, hát én is félrehúzódtam. Most már az összes reflektor rajta volt. Fantasztikusan táncolt, leírhatatlanul. Nem táncolt: élt, ő volt a zene. Testhez simuló felső, meglehetős dekoltázzsal, csípő alatt lazán lógó szoknya, ahogyan ő szokta azt hordani. Mindene mozgott, rezgett, egyszerre volt benne a spanyol flamencotáncos visszafogottsága, eleganciája, a cigányok szabadsága, és a klasszikus balettosok pontossága. Ilyen átéléssel csak a nagyon nagy művészeket láttam előadni. Mindaddig, amíg mindenkinek táncolt, nem volt semmi gáz. De észrevette, hogy már én sem fújok, és onnantól nekem és felém táncolt. Amikor közel került hozzám, tudtam, hogy egyre erotikusabb lesz a műsor, és ekkor rendesen becsokiztam, mert belém hasított, hogy ebből mekkora balhé lesz. Aztán azt gondoltam: kit érdekel? Itt van egy nő, aki nekem táncol, ráadásul eszméletlenül. Nincs ember, aki ne irigyelne, én meg azon rinyálok, hogy mi lesz *utána*. Miért nem élvezem a pillanatot? Leraktam a szaxit, vártam a folytatást, a hecc kedvéért párat én is totyogtam. De a folytatás elmaradt: amolyan Ágnesesen fejezte be. Háttal a nézőknek, eszméletlen riszálás közben felemelte a ruhája alját a nyakáig. Még a köldökét is láttam, természetesen se melltartó, se bugyi. Majd ugyanezzel a lendülettel előrehajolt, ebbe az irányba is felemelte a szoknyáját, majd rám vigyorgott, a nyakamba esett, belepuszilt a fülembe és kirohant.

Rendesen elszabadultak az indulatok, a népek fel akartak kúszni a színpadra, kénytelenek voltunk egy húszperces szünetet tartani, mikor újra kezdtünk, még mindig kiabáltak, a táncos lányt várták. Persze Ágnes elment.

– ...

– Ez érték volt, mert egyedi, mert művészet, mert emberi, mert ingerlően játékos, mert bátor és egyben pökhendi, eltűntek a korlátok, csak valami furcsa, vibráló energiabomba robbant fel a színpadon. Történt valami, ami ebben a formájában soha nem fog. Ez a csaj maga a Chipolina. Ott volt kb. kétezer ember, de állítom, szem és gatya egy sem maradt szárazon. Asszem, erre a napra mindegyikük emlékezni fog, már csak azért is, mert az újságok és pár tévécsatorna egy-két nagyon élvezetes beszámolóval tettek róla, hogy ne felejtsék el azok sem, akik ott sem voltak. Számomra is felejthetetlen, de hogy vegyek el egy ilyen nőt feleségül?

– Ez most kérdés, vagy még a monológ része?

– Nem, ez A kérdés.

– Észrevetted, hogy megváltozott a stílusod, miközben itt meséltél? Laza lettél, kicsit Ágneses. Egyébként más kapcsolatot el sem tudsz képzelni vele?

– De, lehetne a barátom.

– És még?

– Nem tudom.

– Mondd ki! Nem fog megsértődni.

– Lehetne a nő az útról.

– Bocs, nem értem. Hogy mi?

– Lehetne a csaj az útról, aki időnként behajol az autómba, és csak az enyémbe.

– És akkor az értékének megfelelő helyet foglalna el.

– Nem. Akkor nem kellene mindennap átélnem azt a fájdalmat, mi lesz, ha elveszítem, és holnap már nem jön, mert valamelyik szerepe éppen ezt diktálta.

– Fájdalom?

– Igen, hogy nem látom többet.

– Inkább öröm, hogy azt teheti, amit szeretne, él, ahogy sokan soha nem fognak. Nyomot hagy. Azt mondod, fájdalom? Ha igazi, kiüresít, nem érzel semmit, csak azt, hogy már nem vagy. Ha nem igazi, akkor az csak önsajnálat. Sajnálod magad?

– Rohadt vagyok?

– Lehetsz még jobb... Feri. Ez az igazi neved, hogy Igazi Feri?

– Most már igen.

ANDRIS ÉS LÍVIA

Lívia

Süteményt hozott, nekem. Az első találkozásunkra – még nem is ismer. Miért? Zavartan gyűrögette az amúgy is többszöri használatról árulkodó zsírpapír-szerűséget. Talán nem tudta eldönteni, hogy fellebbentse-e a fátylat, vagy maradjon rejtve alkotása. Hellyel kínáltam. Ez megoldotta a kényelmetlen helyzetét – előbb letette az asztalomra, majd leült.

– Ezt nekem?

– Igen – próbált mosolyogni.

– Köszönöm.

Felkanyarítottam a papírt; túrós pite, porcelán tányéron. Anyám, hát ő biztos nem egy alkalomra tervez – vagy itt eteti meg velem, és elviszi a tányérját, vagy itt hagyja, mert úgy is jön legközelebb, és akkor odaadom neki. Egyik variáció sem nyerte meg a tetszésemet.

Már az analízisnél sejtettem, hogy nála marad a magázás. Erre sokat gyúrtam, hogy rá tudjam venni magam a tegezésre. Szóval a diszkrimináció nagy és ádáz ellensége csapdázik. Most az egyszer nem ő fogja elutasítani a pertut. Olyan dolgokat láttam nála, ami elidegenít tőle. Hiányzik belőle a belső és a külső rend, logikája csúszkál. Ha erre rávezetik, vallási köpenybe burkolózik. Személyes és külső higiéniája rendszeretetéhez hasonló. Nem valószínű, hogy beleharapok a szürkésnek tetsző pitébe.

– Még meleg, most sütöttem – biztat.

– Igen, érzem, talán majd egy kicsit később. Kényelmesen ül?

– Igen, minden rendben.

– Miben segíthetek?

– Hát, ugye nekem a Péter mondta, hogy csak a doktor úr teccik tudni nekem segíteni. Mer' az Andris...

– Egy pillanat. Nem vagyok orvos, sem doktor, és számomra kicsit kényelmetlen, ha tetszikezik.

– Nem? – Nehezen leplezte csalódottságát. – Bocsánat, azt hittem, hogy szihológus.

– Azok sem mind orvosok.

– Igen. Hát akkor...

Úgy nézett körül, mint aki a kabátját keresi, menne is meg nem is – lehet, hogy a tányérját féltette. Vártam, kíváncsi voltam, mit lép.

– Akkor a Péter talán... – Mégis megszántam.

– Péter a klinikáról mindenkit hozzám küld, akinél a betegsége mögött életvezetési problémákat, érzelmi, vagy kisebb idegrendszeri eltéréseket tapasztal. Az ön esetében melyik az igaz?

– Én, nekem nem... én az Andriska miatt.

– Értem. Péter nem mondta, hogy miért kérem az ön írásmintáját?

– Lehet, hogy mondta – bizonytalankodott.

Elmagyaráztam neki, hogyan dolgozom, részletesen, szájbarágósan. Beszéltem a feltételekről, többször megerősíttettem vele, hogy csak így van értelme együtt dolgoznunk. Végül azt mondta: „jó, értem”.

– Beszéljen a problémájáról!

– Hát, vannak a gyerekeim, a Gáborka, az Andris és a Kis-Jucsi. Mindegyik nagyon aranyos kisgyerek – mondja mindezt olyan ábrázattal, mint akit arra kényszerítenek, hogy több kiló nyers citromot szopogasson egyszerre –, csak az Andriskám valahogy úgy megváltozott, nem akar tanulni, mondjuk, iskolába se nagyon akar járni, velem nagyon csúnyán beszél, és olyan agresszív lett.

– Ő most olyan tizenkettő lehet?

– Igen, ismeri? – Nem akartam azzal fárasztani, hogy még lesz egy-két dolog, ami nem fog meglepetést okozni. – Hatodikos.

– Ebben a korban előfordul, hogy a gyerekek kicsit megváltoznak, de ezt ön is tudja pedagógusként.

– Már én? Ja, igen, tanítónő vagyok, de már mióta átjöttünk, nem tanítok.

– Az mikor volt?

– Már itt szültem az Andriskát.

– De a férje nem akarta, sőt azt sem, hogy utánajöjjön.

– Nem azért, csak össze volt zavarodva. – Hirtelen rájött, hogy ez titok, akkor honnan tudom; megijedt. – Beszélt a férjemmel?

– Ugyan, miért tettem volna? Ezért kellett az írása, hogy tudjam, mi történt önnel.

– Óh.

– Szóval, miért erőltette ezt a kapcsolatot?

– Én nem... erőltettem. Engem szeretett a János.

– Mikor?

– Hát akkor.

Egyszerűen nem tehetem, hogy csak bizonyos intellektus fölött vagyok képes emberekkel foglalkozni.

– Szívesen veszem, ha beszél ezekről az időkről, de kérem, hogy őszintén. Ha nem tud, akkor inkább ne mondjon semmit. Rendben?

– De én az Andriska...

– Értem. Vegyük ezt a beszélgetést úgy, mint az orvos, mikor anamnézist készít. Tudja, Péterrel is sorban mentek visszafelé, hogy milyen betegségei voltak.

– Igen... teccik tudni... én nem akartam jönni... féltem, hogy mi lesz itt velünk... de János azt mondta, maradhatok, de ő Gáborkát magával viszi. A szívem szakadt volna meg.

– Nem tudtak volna valamilyen köztes megoldást találni?

– Nem.

– És érzelmileg itt még nagyon közel voltak egymáshoz?

– Hát... persze.

– Nézze, ne raboljuk egymás idejét. Lehet, hogy nem szándékosan, de még véletlenül sem tud igazat mondani. Most nem szeretném bújócskával tölteni az időmet.

– Higgye meg, én igazat mondok, csak nagyon nehéz... Lehet, hogy Jánosnak nem én voltam a legfontosabb, de szeretett.

– Mondta?

– Ő nem az a fajta. De nem járt kocsmába, a pénzt hazahozta, velem is jó bánt.

– Ki volt neki a fontos?

– A munkája. Ez éjjel-nappal dolgozott, ácsként. Jó' keresett, volt tehenünk is, én tanítottam, az édesék is segítettek.

– És ezt mind ott akarta hagyni?

– Nem akarta, csak kellett… a policáj nem hagyta békén.

– Mert magyar volt?

– Á, nem. Megbosszantotta őt valaki, egy falunkbéli, ő meg helyre rakta.

– Megverte?

– Igen, de nem ez volt a bűne… ez az ember rá két hétre eltűnt a havasokban, csak nagy sokára találták meg összefagyva… a policáj meg őt kerülgette, hiába mondta, hogy nem is látta azóta. Bántotta nagyon az igazságérzetét, hogy őt gyanúsítgatják. Mondtam neki: „meglásd, minden csuda három napig tart". Nekem is nehéz volt, mert az iskolába' a gyerekek suttogtak, hogy gyilkosné vagyok. De én azt mondtam, mi ide tartozunk, itt vannak a gyökereink. Ha elfutunk, biztosan azt fogják gondolni, hogy tényleg ő tette. Ő meg napokig duruzsolta: „mi magyarok vagyunk, nekünk ott a helyünk". Erre én: „hogyne, hát mi itt is magyarok vagyunk, nagyobbak, mint azok, akik ott laknak". Csak nem hagyott békén… Egyszer csak arra mentem haza, hogy összerámolt mindent a bőröndökbe, az állatokat átvitte a szüleimhez. Ő nem vár tovább, ha megyek, megyek, ha nem, úgyis jó, de viszi a gyerkőcöt. Végigsírtam az utat, még édeséktől is alig tudtam elköszönni… teccik érteni?

– Kezdem.

– Nekem a fele szívem odahaza maradt, én itt csak árnyék lettem. Látta ő, hogy sorvadok, azzal viccelődött, hogy majd lő nekem egy szép kislyányt a búcsúba'… Mert teccik tudni, én már a Gáborkámnál is kislányt vártam.

– És ezért lett az Andris?

– Imádkoztam sokat a jóistenkéhez, hogy kislány legyen, de tudtam, hogy meg kell bűnhődnünk.

– Akkor az Andris egy büntetés lett?

– Jaj, mit teccik beszélni?! Ő a legkedvesebb gyerekem.

– Legkedvesebb? Ezt a lelkiismeretének mondja? Vagy nekem?

– Ne tessék már ilyet mondani! – vált síróssá a hangja. Izgatottan simogatta a haját, húzta végig jobb mutatóujját az orra alatt oda-vissza. – Nekem ő a szemem fénye – makacsolta meg magát.

Ebben a beszélgetésben messze alulmúlom önmagamat. Megnyílt – látszólag, de önmagának is folyamatosan hazudik. Én mondok ki dolgokat, és nem vele mondatom ki. Nem tudom rávenni, hogy nézzen szembe önmagával, csak kerülgetem. Ezért a munkáért nem fogadhatok el pénzt. Általában nekem is nagy élményt jelent egy-egy beszélgetés – hát ez most nem fog bevonulni a top ten-be. Mi az, ami visszaköszön az én életemben is, mi a párhuzam, mi a dolgom vele? Ezeken tépelődve, bölcs-doktorosan hallgattam. Ő is.

Magam elé húztam a tányért, megfosztottam a papírtól, szaglásztam a sütit. Meglepő, de jó illata volt.

– Finom – mutattam a tányérra.

– Tessék belőle enni, ezt még az édestől tanultam.

– Egyelőre csak élvezkedem. Szeret sütni?

– Már nem annyira… odahaza minden hétvégén sütöttem, most csak ünnepkor.

– Milyen ünnep volt?

– Á, csak a tizenhetedik házassági évfordulónk.

– Gratulálok. És mit kapott?

– Ja? Mi nem úgy… nem szoktunk nagy ünnepséget csinálni.

– Miért?

– Ennyi év után már nem olyan lényeges ez.

– Azért sütött, mert nem lényeges?

– Hát, a gyerekeknek.

– A férje evett már belőle?

– Ő nem édesszájú. Ő a jó magyaros ételeket szereti.

– Hogyan jellemezné a kapcsolatukat?

– Nem tudom. Ezen nem szoktam gondolkodni.

– Szokott olvasni?

– Mióta megvan a KisJucsi, csak újságot, meg ilyen egészséges könyveket. Én gyógyítgatom otthon a gyerekeket.

– És saját magát?

– Próbáltam, de nekem annyiféle a bajom, hogy azzal én már nem bírtam, azért járok ide a klinikára.

– És régen milyen típusú könyveket szeretett?

– A szép szerelmi történeteket… Rómeó és Júlia – révedezett el a távolba, mintha a szeme is bepárásodott volna. – Jane Eyre, Sissy hercegnő, Anna Karenina, Vörös és Fekete.

– Ezek valóban nagyon szép történetek, zseniális íróktól. János melyiket olvasta ezek közül?

– Neki nincs ideje olvasni… de ő egy ezermester, mindent meg tud javítani, még a számítógépekhez is ért.

– Most is ácsként dolgozik?

– Á, már rég nem. Üzletember lett. Megvesz ezt-azt használtan, felújítja őket, azt' továbbadja.

– Ebből jobban meg lehet élni, mintha ács lenne?

– Próbálta ő azt is, de becsapták, nem fizettek neki. Ő meg olyan érzékeny, azt mondta, akkor majd dolgozik magának.

– És milyen a gyerekeivel a kapcsolata?

– Már hogy nekem? – Bólintok. – Hát… jó. A fiúk kicsit erőszakosak, de aranyosak, hiába, kamaszodnak.

– Erőszakosak?

– Inkább olyan követelőzőek.

– Például.

– Mutter, süss nekem pizzát, vagy mondtam már, hogy mosd ki ezt a pólómat, hozz egy pohár kólát, kész van már a reggelim!? Ilyeneket szoktak, de ez csak azért van, mert egymást akarják túlflegmázni, melyik tud engem jobban csicskáztatni. Teccik tudni, gyerekek még.

– Ühm. A férje mit szól ehhez?

– Rájuk hagyja, nem törődik ő ilyesmivel

– Megtenne valamit? Játsszunk egyet! Én egy földönkívüli vagyok, értem a nyelvet, de nem ismerem a fogalmakat. Elmagyarázná nekem a szeretet fogalmát?

– Óh, hát higgye meg, szeretnek ők engem.

– Tudom, elmagyarázná?

– Hát ha ez fontos… a szeretetet az istenkétől kaptuk, ő feláldozta értünk egyszülött fiát. A Jézuska pedig magára vette az

emberek összes bűnét és szétsugározta a szeretetét, így minden-
ki kapott az ő testéből, lelkéből, ezért minden emberben benne
van az isteni szeretet...

Bár a magyarázat jól hangzott – egy-két fontos tárgyi téve-
déstől eltérve –, de egy ET-nek elég nehezen lehetne adekváttá
tenni ennek alapján a szeretet fogalmát. Lehet, hogy vannak
azok az emberek, akik megfogalmazni nem, de átérezni tökéle-
tesen képesek. Ő lehetne egy ilyen ember, csak... elolvassa Jane
Eyre-t, az Annát, és nem tudja köznapi módon megfogalmazni,
hogy mi a szeretet? Érted, mi a problémám? Hogyan mondassak
ki vele dolgokat, hogyha alapvető dolgokban képmutató? Hogy
élete nagy titkai – mindaz, amiről nem akar beszélni – falat
emelnek ő és a valóság közé? Hogy a szenvedést nem csak lelki
sanyargatással, de kitalált betegségekkel tetézi, és fertőzi a csa-
ládot, akik lázadoznak ellene. Te kit gyógyítanál meg?

Ki Rómeó?

A nap verőfénye már megkopott, lágyan, kedveszegetten, méheket
turbóztatva készült a lefekvéshez. A napközbeni záport követő-
en apró tócsákban új élet kezdődött. A kaszáló megvastagodott,
élénkzöld színe beezüstösödött, néhol sárga csíkok rántottak
benne kardot, hegyükön párafoszlányok billegtek. A fák között
felismerhetetlen alakok motoztak kaja után szimatolva, a madarak
altatódalukat kezdték csendesen, szinte egymásnak motyogva.
Csodás indián nyár unatkozott itt lenn, a hegyek lankáin, de a
kupolára már figyelmeztető, fehér vatta pamacs terült.

Könnyű, nyári ruháját összefogta maga előtt, megemelte,
hogy a nedves aljnövényzet ne vizezze össze. Az a kényelmet-
lenség, hogy a latyak verdesi majd a bokáját, eltörpült amellett,
hogy ez később otthon áruló jel lehet. A fülledt meleg ellenére
kissé megborzongott. Vajon hányféle jelre kell még figyelnie?

Fejével jobbra-balra tekintgetve időnként megállt hallgatózni, próbálta megfejteni a zajokat. Ez egy jó időszak, mert a gombászok is és a kökényszedők is haza indultak már, nem akarták, hogy a sötétség szelleme itt érje őket. Nem történhet semmi váratlan dolog – gondolta, mégis izgalom, félelem szorongatta torkát. Amennyire gyorsan szeretett volna odaérni a megbeszélt helyre, legalább annyiszor kérdezte magától: „Istenkém, mit keresek én itt? Mi húz engem erre?"

Kavarogtak benne az előadás képei. Egyszerűen nem akarta elhinni pár óra után sem, ami történt. Az egész oly valószerűtlen. Nem csináltak dupla szereposztást, ők nem egy nagy színház, csak egy kis falusi társulat. Miért gondoltak volna rá, hogy Viola, a női főszereplő pont ezen a napon, a kezdés előtt három órával magára ránt egy farönköt? Ki ugorjon be helyette? Mondják le az előadást? Már az emberek otthon öltöztek, készülődtek. Ki tudja a szerepet? Vajon ki más? Persze, ő. Azt hiszik, hogy betanítani a szerepeket az ugyanazt jelenti, mint eljátszani, kiállni a népek elé, mint egy igazi színész? Azt hiszik! Nem elég, hogy a díszlet nagy részét ő állította össze, megtervezte a jelmezeket, segített a varrásban, és akkor még ezt is! Hát mit gondolnak ezek? Bepánikolt. Először elfutott hányni, aztán majdnem sírógörcsöt kapott, aztán kiabált, hogy ő nem színész, és inkább végigmegy a falun hangosbemondóval, és lemondja az előadást. Édes sokáig nézte hallgatagon a hánykolódását, majd megfogta a kezét, kényszerítette, hogy ránézzen, és azt mondta: „Ne mórikázd magad! Kisjányom, itt te vagy a TANÍTÓNŐ!". Csupa nagybetűvel, mintha csak azt mondta volna, hogy a világ ura. Utána még hozzátette: „Ne félj semmit, majd Gábriel velünk alszik". Közben gyülekeztek a többiek, ők is biztatták. Olyan fura érzése támadt, mint a körhintán szokott: szédült, és elmosódva látta a többieket, egyszer és mind kívülről is, mintha ő ott sem volna. És az egész képet hasonló köd szürkítette, mint ezek a gomolygó párafoltok, amiket gondosan igyekezett kikerülni, nehogy valami váratlan akadályba botoljon alattuk. Ismét megremegett... mit keres ő itt? De hát ő egy istenfélő asszony, nem találkozhat titokban egy férfival, még, ha csak barátok is! Tudja ő, hogy a férje sűrűn megfordul a szomszéd faluban, akkor is, ha dolga nem visz arra, mert azt mondják, egy otthagyott asszonnyal, Sárával szokott találkozni. Egyszer vette a bátorságot, hogy megkérdezze őt, de épp csak kiejtette Sára nevét, a férje szekercéjét forgatva a kezében csak annyit dörmögött a bajsza alatt szárazon: „Eridj innen, mer megbánod!". Többet nem beszéltek róla. Igyekezett esténként hamar elaludni, vagy a Gabikával foglalkozni, míg a férje el nem aludt. Megtalálta ő magának a helyét, nem kellett hozzá János. Ott volt az iskola, az állatok, a gyerek, meg a színjátszókör... és ott volt Sanyi is. Ez az egész színjátszó talán nem is lett volna, ha ő nem erőlteti. A katonaságnál is kultúros volt, ott tanították őt ki. Olyan tehetsége volt a szervezéshez meg a darabok átírására, hogy még Váradról is eljöttek megnézni, hogy mi is megyen itt. Sanyi mellett mindig olyan volt, mintha folyton sütne a nap; ahol megjelent, az emberek megélénkültek, még a hallgatag fajták is. A színpadon, ha csak állt, már akkor is mindenki őt nézte. Persze, hogy minden asszonynép róla beszélt, belé szerelmesedtek. De ő nem foglalkozott egyikkel sem. Hát mikor Sanyi is megérkezett, akkor dőlt el minden. Másoktól hallotta már, mi történt. Odalépett elé széles mosolyával, ráragyogott, felkapta őt, és azt lehelte felé: „Hát itt van az én Jújcsim". Olyan megindító volt, hogy a szíve szakadt meg benne, majdnem elfelejtkezett még védekezni is. Kis időbe beletartott, míg azt mondta: „Ne bomolj, Sanyi, tegyé' már le! De ettől a mozzanattól fogva elindult benne egy program, ami automatikusan vezérelte, nem gondolkodott, csak cselekedet. Újra ő lett a tanítónő, mindenkit nyugtatott, segített, ha kellett, végszavazott, vagy díszletet cipelt, ruhát igazított. Végül kis csúszással elkezdték. Kikukucskált a függönyön, hátha János mégis valahol ott van. De mondta, hogy a munka fontosabb, mint az ilyen urasági passzió, és utána se várja, mert elmegy a fiúkkal tekézni a kocsmába. Talán ha tudja, hogy nem súgó meg betanító lesz ma, hanem a főszereplő a Julcsi, talán... akkor eljön. A nézőtéren – ahogy mindig is – eleinte zajoztak, de most az első párbeszédnél úgy elültek, mint a vasárnapi misén. Tátott szájjal, megbabonázva meredtek a színpadra.

Most már még óvatosabban araszolt előre, a göcsös bükk irányába nézegetett; ide beszélték meg a találkát. Úgy tűnt, senki sehol, egyedül van. Kicsit megnyugodott, már nem akart kiugrani a szíve a helyéről. Hátha el sem jön... miért is tenné? Talán csak bolondította őt?! Hát, majd elüldögél a bükk göcsén egy kicsit, aztán szépen hazamegy. Egész felbátorodva lépdelt tovább.

Ezek a népek nagyon meglepődtek. Ki gondolta volna, hogy Rómeó és Júlia helyébe szinte egy teljesen új tragédiát kapnak... egy állatit? A szó eredetijében, mert a Montague család farkasokból volt, a Capulet család pedig rókákból. És minden szereplő egy állat. A darab nem Veronában, hanem itt, a havasokban játszódik. Shakespeare szövegét meg olyan szerencsésen kitekerte Sanyi, hogy pont úgy szólt, mint ahogy itten beszélnek az emberek, de megtartotta az értékét. Nagyon kockázatos vállalkozás volt, mert Sanyi szeret új dolgokat kitalálni, rendkívül leleményes, szeret játszani az embereknek... és az emberekkel. De sikerük lett. A nézők hol sírtak, hol nevettek, volt, aki magára ismert, vagy más ismert rá; egymásra mutogattak. Mégsem bohózatot formáltak, mert a drámai részeket nagyon komolyan, a szerepkönyvnek megfelelően játszották. Ő pedig igazi, feledhetetlen ölelést és csókot élt át az ő Romanójával (az átiratban Rómeó neve helyett), soha sem volt még ilyen szexuális élménye. Talán a szereplés miatti izgalom tette, de végig olyan remegés uralta, mintha csak egy férfikéz siklott volna gyarlón testén ide-oda. Végig extázisban volt, de magának sem merte bevallani, hogy ezt Sanyi okozta, de azért az volt az ábrándja, hogy AZ a kéz, az Sanyié. Le sem tudta venni róla a szemét, és mikor az álarcosbál következett, már szinte minden tombolt benne, mintha abban a minutumban felrobbanna. Végül a csók, az valóban maga a robbanás volt: színes karikákat, virágokat, szivárványt látott, a külvilág úgy szűnt meg, mintha ők már nem is itt léteznének, csak a csillagok között. Hát persze, hogy sikerük volt, de a remegés azóta sem szűnik. Lehet, hogy ők nem színészek igazából, de ilyen sikere a legnagyobb díváknak sem lett volna – nyalta meg mosolyra húzódó ajkát.

Még soha nem élt át semmi hasonlót.

A nap szinte mozdulatlanul, le-lecsukódó szemekkel figyelte, ahogy kiválaszt a göcsön egy száraz részt, ruhája alját fellebbenti, és óvatosan ráriszálja meztelen altestét a fa érdes kérgére. A hűvös, bőrszerű anyag úgy csókolta vissza, hogy a remegés ismét borzongássá vált. Maga sem tudta, hova lett róla a bugyija: sem arra nem emlékezett, mikor vette le, sem arra, hogy hova tehette. Egyben biztos volt: mikor készülődött otthon, felvette. Ez a rózsás bugyija még sosem volt rajta, ünnepi alkalmakra szánta – de hova lett? Ah, mindegy, vigye szellő, majd előkerül. Most, hogy kényelmesen elhelyezkedett, ismét körülnézett. A helyválasztás arról árulkodott, hogy nem ő az első, akivel itt találkozik. A kökény- és szederbokrok magasra nőtt indáikkal úgy körbevették az öreg bükköt, miként egy várfal bástyái, csak aki ismerte itt a járást, az tudhatta, hol az a keskeny rés, ahol karmolások nélkül bejut ide. Ideális találkahely. Te Magasságos Úr, de akkor engem miért vezényeltél ide? Hát mi végre kellett nekem itt megjelennem? Ismét eluralkodott rajta a nyugtalanság, miközben szemeivel szinte szuggerálta a nem látható bejáratot, hogy végre megjelenjen a férfi. De az őrt álló, tövisre szúrt levelek nem mozdultak.

Menne is, nem is.

Vár még kicsinykét – gondolta. Modellt ült Rodin *Gondolkodó nő* szobrához, szemét behunyva újra előcsalogatta a darab részleteit. Videóján kikockázta, amint a mérges üvegcsét szájához emeli, és tudta, hogy most biztosan meghal, mert e nélkül az ember nélkül neki nincs itt helye, ebbe' a világban. Hogyan tudta ő ezt ilyen mélyen átérezni, hiszen neki ott van János, aki olyan, amilyen, de rendes ember, szereti őt. Jó, hát nem becézi szép szavakkal, de megad neki mindent. Szereti Gabikát is, faragott neki saját kézzel bölcsőt, néha magához öleli, dúdol neki valamit, feldobja őt, megkacagtatja, aztán otthagyja. De hát egy férfiember már csak ilyen. Mégis, miért esett neki olyan jól kihörpinteni a nemlétező mérget az üvegcséből? Miért érezte, hogy a kelléktőr hidege végighasított szívén, és miért tudott halottabb lenni a halottnál a ravatalon? Hát tényleg ilyen jó színész lenne, vérében hordozza a tehetséget? Vagy ez a hirtelen jött szereplés váltotta ki belőle ezt a készséget, és soha többé nem sikerül megismételnie? A gondolat, hogy még egyszer színpadon álljon, felgyorsította a légzését, és majdnem felugrott, hogy elfusson. Helyette csak tágra nyílt szemekkel zihált pillanatokig, igyekezett nem gondolni semmire.

A nap most már tényleg megunta mai napot, és elhagyta a horizontot. Egyszerre minden szürke lett, de a lombok és a hanga dupla erővel lehelték ki magukból napközben összeszedett mézüket.

Most már elmegy – gondolta, mikor kissé megnyugodott. De a göcsről lecsúszni veszélyesebb feladatnak látszott, mint fölriszálni rá a hátsóját. Most jelentős hátrányt jelentett, hogy sem a ruha, sem a nemlétező bugyi nem védheti kényes részeit. Felhúzta maga alá a lábát, így, guggolásból oldalra fordulva térdelt a helyen, ahol eddig ült. Gondolta, majd szép lassan lecsúszik róla hasmánt. De ekkor a semmiből megszólalt egy mosolygós bariton, és ő úgy merevedett meg, mintha Rodin kedvet kapott volna a *Fán csúszkáló nő* című szobor elkészítéséhez is, és ismét őt kérte volna fel modellnek. Nem mert sem hátrafordulni, de még levegőt sem venni. Háta megett vészes közelségben pedig újra hallhatta az ismerős sorokat:

Óh, Júlcsim, ha boldogságod akkora nagy,
Mint az enyém, s ezt nálam ügyesebb vagy
Kimutatni, forrósítsd meg leheleteddel
A szomszéd léget; nyelved muzsikája
Hirdesse, mily' roppant öröm szakadt rám,
Hogy ez áldott napon összejöttünk.

Képtelen módon arra gondolt: „Na, ezt kellett volna eljátszani a színházban, hát még mindig rajta kacagnának az emberek". Még a legjobb kabarészerző sem tud ilyen időzítést összehozni, hogy pont ekkor érjen ide, amikor itt ilyen ügyetlenül kászálódik lefelé, tán még a ruhája is felcsúszott, vagy ha még nem, biztosan fel fog, ha megmozdul. Ez a trubadúr meg itt lelkesen, szerelmes szavakkal szaval. Kellemetlen helyzete ellenére elmosolyodott, de ahhoz sem kellett sok, hogy hangosan felvinnyogjon ezen a bohózatba illő jeleneten. Kezdett kicsit zsibbadni a keze, hiszen teljes súlyával ránehezedett.

– Segítsek-e? – hallotta közvetlenül maga mögött a férfi mosolygós hangját.

– Inkább fordulj el, hogy lemehessek.

– Mér', hát meztelen vagy-é, vagy én álmodlak annak?

– Ugyan, hagyd már, ne bolondozz! – Éppen lesegíthette volna, mert mi van abban, különben is, ha lebucskázik véletlen, még jobban fog mulatni a férfi. De attól félt, hogy miközben tartja őt, úgy érinti meg, hogy kiderül, nincs alatta semmi. Hát akkor mit gondolna róla? Belehalna a szégyenbe.

– Na, fordulj már el, mert nagyon megharagszom – váltott mérgeskedő hangra.

– Én már el is fordultam – válaszolt tettetett készségesen, de még mindig mosolygósan a férfi. – Gyere hát bátran.

Bajmentesen lecsusszant a fűbe, kezeit dörzsölgetve megfordult. A férfi rövid ujjú fehér ingben, meg egy mogyovószín sortban még mindig háttal állt. Kezéből hanyagul lógott lefelé felleghajtó köpenye – tán esőre számított.

– Jó, visszafordulhatsz, te haramiakapitány – mondta kicsit megenyhülten.

– Nekem beszélsz, Julcsikám? Hát ilyen hamar elfeledted, hogy én a te szerelmetes Romanód vagyok? – Közben kényelmesen szembefordult vele.

– Hagyd abba, Sanyi, ez nem a színpad, már nem kell színészkedned.

– Nem színészkedem, minden pillanatban csak rád tudok gondolni.

– Ezért hívtál? Mondhattad volna előbb, mert ha tudom, bizonyos, hogy nem jövök el. Úgyhogy állj most félre, mert nekem már kitelt az időm!

– De hát nem érdekel, miért hívtalak ide?

– Már elmondtad, csak én erre nem vagyok kíváncsi. – Sebesen beszélt lefelé az újraéledő pipacsoknak, mákvirágoknak.

– Az csak egy, de meg sem beszéltük az előadást – tagolta lassan a férfi, ellensúlyozva az ő majdnem hadarását.

Közben a férfi komótosan leterítette köpenyét a gyepre, el-
igazgatta, és mosolyogva mutatta, hogy üljön le. A nő – annak
ellenére, hogy még mindig lefelé nézett – látta a mozdulatot és
még jobban megijedt.

*Jaj, Istenkém, ne hagyd, hogy leüljek, nem bírnám ki, hogy ne
nézzek abba a tiszta, tó-kék szemébe* – mondogatta magában most
született imáját.

A férfi folytatta.

– Sokszor láttam már ezt az előadást igazi nagy művészek-
kel, még külföldiekkel is, de ilyen mélységes átérzéssel Júliát
játszani még nem láttam egyet sem. – Abbahagyta a mosolygást,
de hangja ugyanolyan lágyan csengett, mint eddig. – A te érett
nőiséged, gyermeki naivságod, érzelmi rezonanciád olyan fe-
szültséget keltett a színpadon, hogy még a holtak is lábra keltek.
Nem hallottad tán, hogy mind a te neved kiáltozták?

– Egyszer volt Budán kutyavásár – próbálta szerényen elhes-
segetni a dicsérő szavakat, egyben érzékeltetve, hogy ő bizony
még egyszer nem tesz ilyen oktalanságot, hogy kiáll ennyi em-
ber elé – ez nem ő.

– Ej, hát, hogy mondhatsz ilyent? Te egy igazi őstehetség vagy,
aminő száz évben egyszer, ha születik! – mondta érzelmesen.

A nő elmosolyodott. Nem a bók nyerte meg a tetszését, inkább,
hogy ez a sokat látott férfiú hogy félreismeri. Ha tudná, hogy ez
a remegés és feszültség mind az ő személyének köszönhető; ha
tudná, hogy ő végig azt sem tudta, hol van, hogy egyedül csak
neki játszott... vagyis, hát pontosan nem játszott.

– Akkor most már mehetek?

– Mehetsz-e? Hát, ha megmondod szívedre, hogy az a csók
nekem szólt-e vagy Romanónak, akkor elengedlek szavamra.

– Azt sem tudom, hogyan történt. Remélem, az uram nem látta.

– Nem a'. Arrébb van ez egy határral – célzott a férje eljáro-
gatására.

– Ezt csak mondod!

– Nem én, saját szememmel láttam, mikor belépett a kapuján.

– Hogy láttad volna? Te is ott voltál a színházba'!

– Hát előtte, mikor elindultam.

– Jól van… – Nem örült az új hírnek, titkon azt remélte, és félte is, hogy már elterjedt a híre a fellépésének, János fülébe is eljutott és rohanvást jön haza, vagy a mi még rosszabb: elkezdi keresni, óh, borzalom! – Nekem mennem kell, vár a gyerek. – Oldalt lépett, hogy kikerülje a férfit. Csalódását nehezen tudta leplezni, titkolt, gyengéd érzelmeit kezdte átvenni a harag, melynek nem látta igazán az irányát. Úgy érezte, valaminek történnie kell, mert ha így megy tovább, elsírja magát, ami rossz időben jönne. – Amúgy te is jól játszottál – mondta szürkén.

– Köszönöm. Tudod, a próbák alatt minden alkalommal arra gondoltam, hogy te játszod majd Julcsit, és örültem nagyon, amikor Viola helyett beálltál megmutatni, hogy játsszon… Én csak miattad voltam olyan jó, én csak visszaragyogtalak téged. – A nő keze után nyúlt. – Mi csak együtt vagyunk ilyen jók! – mondta mély, borzongató hangon.

Nem akarta feltűnően elhúzni a kezét, ezért ruháján a melle körüli gyűrődéseket kezdte el kisimítani. Bár mozdulata önkéntelen volt, a férfi számára mégis vérlázító. De ő sem járt jobban; saját testének érintése ismét felkorbácsolta érzékeit, ennek következményeként mellbimbója fellázadt, és megpróbálta keresztülszúrni a puha gyolcsot. Észlelte a bajt, nem akarta, hogy a férfi észrevegye a változást, abbahagyva a ruhavasalást, kezével most már csak takarni akarta a mellét. Pont úgy állt ott – lehajtott fejjel –, mint a megkísértett szűz, aki óvná tisztességét, de már maga sem bízik benne, hogy sikerül. A férfi áthelyezte a másik lábára az egyensúlyát, jelezvén, hagyja őt elmenni, de szemével minden rezdülését követte. A nő félt megmozdulni, mert szinte egész testében remegett; úgy érezte, nem képes egy lépést sem megtenni. Így álltak hosszan, majdnem szemben egymással, közöttük egy lépés távolság, de mérhetetlen feszültség-huzalok kötötték egybe és gúzsba őket. A férfi adta előbb fel a szoborállítást: lassított felvételként indult meg a keze, és kinyújtott középső ujjbegyével végigrezgett a nő karján. Az, ha lehet, még merevebben állt tovább. A férfi közelebb lépett és átölelte, szorította, de nem törte össze, szinte egyszerre szakadt ki belőlük a sóhajtás. És mintha ez a sóhaj feltörte volna az összes reteszt, ami eddig lakat alatt tartotta testüket, lelküket, puhán fészkelték be magukat a másik gödreibe. Azonos hullámhosszon egymásba remegtek.

Talán két perc elteltével a nő meztelenül állt a kis, védett tisztás közepén, az öreg bükk mellett, a férfi előtte térdelt, karjaival a nő fenekét tartotta, az arcát pedig belefúrta az ágyékába. A nő nem bírt tovább a remegésével, teste meg-megrándult, szinte már vonaglott. Végül lerogyott a felleghajtóra, rájuk zárult a világ.

Talán nem a legjobb időben, de itt a két fiatal magot vetett – boldogságuk betetőzött.

Andris

– Milyen a kapcsolatod anyáddal?

– Milyen?

– Milyen.

– Hát... ő beteg.

– Tudom, járt a klinikán.

– Nem úgy.

– Hanem?

– Belül.

– Beszélnél róla?

– ...

– Beszéljek én róla?

– Tőlem. – Meghúzza a vállát

– A kezed miért van begipszelve?

– Elestem.

– Segített valaki?

– Csak elestem.

– Örülsz, hogy itt lehetsz?

Ismét elhúzza a száját.

– Ja, nagyon.

– De jó társaságban repül az idő, és már csak egy óra huszon-
két perc van hátra.

– ...

– Anyád eszméletlen sokat fizet azért, hogy itt most mi na-
gyokat hallgassunk.

– Nem érdekel.

– Látom. Egyébként engem sem. Rengeteg a dolgom, itt vár
egy-két írás – mutatok az asztalomon egy halomra. – Ezekkel
játszva eltöltöm a te idődet. Csak van egy kis gáz...

– Mi?

Független attól, hogy miért nem vagy itt, mikor itt vagy –
kíváncsi vagyok rád.

– Az a maga baja.

– Nem tegeződünk?

– Ha annyira akarja.

– Te mit akarsz?

– Hazamenni.

– Otthon mit csinálnál?

– Gépeznék.

– Vagyis?

– Játszanék.

– Mit?

– Nem mindegy?

– De... akkor, hogy a kecske is megmaradjon, meg a káposzta
is jóllakjon, gyere ide mellém, ülj a gépem elé, és játssz!

– Az nem úgy van.

– De, itt én vagyok a főnök, nyugodtan játszhatsz.

– Nem az, a kecskével.

– Hanem?

– A kecske is jóllakjon, meg a káposzta is megmaradjon.

– Hogy ezt nekem eddig senki nem mondta – ezek szerint
rossz iskolába jártam.

– Jó duma, kár, hogy nem veszem be.

– Nem csoda, szinte már felnőtt vagy. Hány éves is?

– Tizenkettő.

– Múltál, leszel?

– Május tizenkettedikén múltam.

Közben életet leheltem a gépbe, felállt a rendszer. Odatoltam elé.

– Biztos? – nézett rám sandán.

– Persze, szolgáld ki magad.

Szakavatott kezekkel matatott, majd hamarosan megjelent egy fighteres grafika a monitoron, és mint ahogy azt várni lehetett, megkezdődött a billentyűk csépelése. Őt kicsit sem zavarta ebbéli tevékenységében begipszelt bal keze. Engem egy picit jobban; lelki szemeim előtt láttam, hogy még tíz perc játék, és billentyűzetet kell cserélnem, avagy laptopot.

– Tudsz közben beszélni?

– Tudok, csak nem akarok.

– Oksa

– Fuj, ez marha nyálas.

– Azt a csávót miért nyírtad ki? Az nem a te csapatodhoz tartozott?

– Ja, az egy béna, már egyébként is idegesített.

– Ennyire?

– Aki gyenge, azt az ellenség úgyis kinyírja.

– Aha… de ha szép lassan kinyírod a sajátjaidat, kivel fogsz csatát nyerni?

– Kit érdekel?!

– Engem érdekelne.

– Az a te bajod.

– Beszállhatok?

– Ebbe nem tudsz.

– Akkor te mindig egyedül játszol?

– Többnyire.

– És mi van a bátyáddal?

– Ő is egyedül játszik.

– Mindig?

– Kivéve, mikor engem ver.

– És apád játszik veled?

– Nincs ideje.

– Akkor anyád.

– Hagyjál már a mutterral!

Közben a katonák hullnak az egyik és a másik oldalon is. Úgy tűnik, az ő játékának a célja, hogy mindenki elpusztuljon, és csak a klaviatúra siratja az izomagyú armadát.

Meg bírtam állni, hogy nem javítottam ki a mutter ragját magas hangrendűre.

– Ő is ver?

– Ki, a mutter? Haggyá' már. Miért mindig vele szórakozol?

– Nem te szórakozol velem?

– Azt ígérted, hogy játszhatok, ehelyett folyton dumálsz.

– Te nem szoktál beszélgetni?

– Hát nem annyit, mint te.

– Ez azért van, mert anyád azt szeretné, ha megismernélek és segítenék neki, hogy min változtasson ahhoz, hogy jobb legyen a kapcsolatotok.

– A mi kapcsolatunk így jó – mondta rém eltökélten, és ellentmondást nem tűrően.

– Ühöm. Szerinte kicsit agresszív vagy. – A billentyűk kivégzése kicsit lassul, és némileg csendesedik is.

– Az attól függ, kivel.

– Gondolom, a gyengébbel, esetleg nőkkel, lányokkal?

– Ezt ő mondta? – kérdezte harciasan.

– Nem, ezt én kérdezem.

– Nem vagyok gyáva! – Majdnem kiabált; kezdtem elérni célom.

– És hisztériás? – Egy darabig gondolkodott – talán maga a szó okozott neki gondot, és nem az, hogy eldöntse, az-e.

– Én nem hisztizek! – hangoskodott. A játékot abbahagyva, eltorzult arccal, párás szemekkel nézett rám.

– Az tök jó, mert szerintem azt csak a lányok szoktak – hazudtam neki. Egy pillanatra megmerevedett, a szentségét ért sértés zavarba hozta.

– Menj a büdös pi… francba! – robbant ki belőle. – Akarod tudni, miért tört el a kezem? Na, találd ki, ha olyan fene okosnak képzeled magad! Tudod, miért?

Érzelemmentesen, némán ingattam a fejem.

– Tudod, miért?

Mereven néztem rá.

– Tudod? – Majdnem sírt. – Mert Gábor odament a KisJucsihoz, hogy falhoz vágja, én meg kirángattam a kezéből. Ő belém rúgott tiszta erőből... és nekiestem a szekrénynek a babával. Ha nem teszem ki a kezem, akkor a KisJucsinak annyi. – Fejét elfordította az ellenkező irányba – vagy sírt, vagy küszködött a könnyeivel. Elé toltam egy megkezdett papír zsebkendő csomagot. Nem nyúlt érte. Némán nyeldekelt. A biztonság kedvéért visszahúztam előle a laptopomat, likvidáltam belőle a játékot, igyekeztem nem zajongani. Hallgattunk. Majd egy-két perc múlva megszólaltam.

– Rajtam kívül tudja még valaki az igazságot?

– Nem mindegy? – Még mindig a falnak beszélt.

– Nem.

– Nem – lehelte ő is, alig hallhatóan.

– Ha ez számít valamit – igyekeztem tagoltan, jól érthetően beszélni –, az én szememben te nem gyáva vagy... hanem egy hős. – Megrándult a válla, most szakadt ki belőle a néma sírás. Rájöttem, hogy a nők sírását könnyebben viselem, mint a gyerekekét, különösen, ha annak van alapja. Megsimogattam volna, de tudtam, hogy ez nem segít, hát vártam, hogy megnyugodjon. Teltek a percek, közben kint is sötétedett, és jótékony szürkület telepedett a szobámra.

– Jucsi sírt – kezdte –, és Gábor engem zavart, hogy hallgattassam el. De bármit csináltam vele, tovább sírt. A bátyám meg velem ugatott, és fenyegetőzött.

– Mit csinált ő eközben?

– Gépezett... neki lehet, mert már nyert pályázatokat, meg matekversenyt.

– A szüleid?

– Elvoltak...

Agyaltam, hogy az „elvoltak" az ő szótárában mit jelenthet.

– Először engem akart megverni, de elfutottam előle... nem volt kedve kergetőzni... odatépett a KisJucsihoz... kikapta a járókából... el akarta dobni... hátulról ráugrottam... szorítottam a nyakát... kiabáltam: „megöllek, gyilkos". Elengedte Jucsit... ki

akartam rohanni vele a lakásból... utolért a lába... repültem...
nagyon fájt... Jucsit szorosan öleltem... védtem a karommal.

– Nem kell beszélned.

– A kezem furcsán állt... Gábor tovább akart verni... a szom-
széd kiabált az ajtón... kihívta a rendőröket... aztán sötét lett...
ott voltak a mentősök... Gábor végig velem volt... mondta... vé-
letlen volt... mondjam, hogy elestem.

– Kérsz vizet? – Bólintott. Öntöttem egy pohár ásványvizet.
Odafordult, hogy elvegye tőlem; arca kisimult, szeme piros, év-
százados fáradtság ernyesztette.

– Ezt akartad? – kérdezte vádlón.

– Gondolhatod...

– Ti azt hiszitek, minden olyan egyszerű.

– Igaz, néha valóban ezt gondolom... van egy család.

– Család?! – húzta meg a vállát.

– Van egy család, akik arra szövetkeztek, hogy a másiknak
jó legyen. A szülők dolgoznak, a gyerekek iskolába járnak, este
együtt vannak, vidámkodnak, szóval örülnek egymásnak.

– Ehhez kellett ennyit tanulnod?

– Ehhez inkább sokat kellett butulnom.

– Ilyen család tuti, hogy nincs – mondta mély meggyőződéssel.

– Lehet. Mi lesz most?

– Mi lenne? Ami volt.

– Tudok segíteni?

– Aha... nyírd ki a családomat.

– Miért nem teszed meg te?

– Azt gondolod, hogy nem fogom?

– Nem tudom. A bátyád legalább elkezdte, de te nem hagytad.

– Ez nagyon rossz duma volt.

– Mi történik, ha mindenkit kinyírsz?

– Egyedül leszek.

– Egyedül akarsz lenni?

– Inkább.

– Inkább, mint mi?

– Inkább, mint azokkal, akik szétba...

– Cseszték az életedet – segítettem befejezni a mondatot.

– Ja.

– Mi garantálja, hogy ha mások lesznek körülötted, nem ugyanígy jársz?

– Például?

– Például egy olyan közösségben, ahol több gyerek van egy szobában, és a nevelők tartanak rendet.

– Jaj, ne gyere ezzel a killer dumával, a mutter is folyton ezt mondogatja, hogy bedug a nevelőintézetbe.

– Miért, szerinted mi lesz veled, ha mindenkit kinyírsz?

– Majd letiplizek.

– Már kezdtem azt hinni egy darabig, hogy te tényleg felnőtt vagy – ingattam a fejem, mint egy gyomorbeteg matektanár. – Nagyon értékes és érdekes kissrác vagy, ne akarj még érdekesebbnek tűnni. Hidd el, hogy így is odafigyelnek rád.

– Ezt te mind könyvekből tanulod?

– Többnyire, mellesleg neked sem ártana, ha gépezés helyett néha olvasnál.

– Hagyjá' már, a könyökömön jön ki ez a duma.

– Szerinted a sötétek vagy az értelmesek irányítják a világot? Kiknek van nagyobb esélyük a saját életüket irányítani? Azoknak, akik a nevüket sem tudják leírni, vagy akik többre képesek a másiknál; mert olvasottak, tanultak, használják az eszüket?

– Igen, tudom… tudom. Élnél te ilyen családban!

– Honnan tudod, hogy én milyen családban éltem? Miért gondolod, hogy ilyen csak veled történhet meg? Mondd csak, jó sajnálni magadat?

– Én nem sajnálom magam – kezdett ismét felhevülni.

– Ezek szerint nem azért gépezel éjjel-nappal? Nem azért bújsz el a szemét világ elől, hogy a sebeidet nyaldosd? Mert ver a fater, ver a bátyád, anyád meg folyton cseszeget, hogy mi lesz belőled?

– …

– Szeretném, ha válaszolnál.

– Elmegyek – mondta lehajtott fejjel.

– Ha nem akarsz változtatni MOST, szerinted felnőttként nem ugyanazt az életet fogod élni, mint a szüleid? Pedig úgy utálod őket, mint eb a Szaharát. Gondolod, hogy magadat nem fogod ugyanígy utálni? Akkor majd magadat is kiirtod? Vedd kezedbe az életed, szarj le minden külső körülményt, akarj a legjobb lenni! Mert különben mindig és mindenhol ugyanezt fogod átélni, mint most, és mindig egyedül leszel. A választás joga a tiéd, rajtad áll, hogyan élsz vele. Mit gondolsz?

– Nem tudom. Letelt már az időm?

– Nem, de nyugodtan elmehetsz. Kérdés, vagy bármi, valami visszajelzés?

– Kell még jönnöm?

– Akarnál?

– Hát, a mutter biztos elrángat.

– Nem, Andris! Te mit akarsz?

– Hát... eljöhetek. – Nagy kínok árán tudta csak kinyögni ezt a két szót.

– Figyelj, Andris! A szüleid nagyon büszkék lehetnek rád. – Gúnyos mosolyra húzta a száját. – Igen, komolyan mondom, egy nagyszerű srác vagy, és te is légy büszke magadra! Ezeket a körülményeket nem kérted magadnak, kaptad őket. És hidd el, sok felnőtt is szenvedne benne. De tudom, hogy te képes vagy kinőni ebből, bebizonyítani, hogy sokkal jobb vagy. Én ezt szentül hiszem. Andris! Szeretném, ha kézfogással válnánk el, mint két sokat megélt felnőtt!

Nadrágján óvatosan végighúzta jobb kezét, és felém nyújtotta. Vártam, hogy rám nézzen, és csak azután fogtam vele kezet. Egy pillanatig összefonódott a pillantásunk, tenyeremet tiszta energiák bizsergették.

Tisztelt Psihcolokus Úr!

Érdeklödöm az Andrisról? A csládban senki sem hiszi el, hogy Andrásnak gombás fertőzése van. Az apja nem tartja szükségesnek hogy diétázzon. Igy hát legényesen eszi a kolbászt, mustárt, hamburgert stb. Andris igénytelenül bele ivott a dobozos narancslébe, amiből majd a kis Jucsi és a nagyobb fiútestvére iszik, mert a számítógépes játék melöl nem kelt fel hogy csészét hozzon magának.

Ha lenne egy család aki befogadná az Andrist igazán örülnénk, én fizetnék érte. Ebben a családban kevés lehetősége van hogy lelkileg, fizikailag rendbe jöjjön. De azért szinten kell tartani itt is.

...

Üdvözlettel M. Lívia

Andris harmadszor

– Háj. (Hi)

– Szia. Pacsi? – Laza, kosaras kézbecsapás. Leül, nem néz rám. Tekintetével úgy faggatja a szobámat, mintha először járna itt. – Keresel valamit?

– Nem, csak valahogy most más ez a hely.

– Biztosan jobban sikerült a takarítás.

– Nem... valahogy most nem olyan félelmetes.

– Eddig az volt?

– Ja, olyan nyomasztó.

– Ennek örülök. Lehet, hogy én biztattalak ilyen butaságra, hogy őszinte legyél? De amikor engem kritizálsz, nem kell mindig betartanod – mondtam mosolyogva, remélve, hogy kezdi már sejteni, mikor beszélek komolyan. – Mi van veled?

– Minden oké.

– Kiváló. És mi van veled?

– Mondom, minden rendben.

– Sikerült elolvasnod, amiket adtam?

– Aha.

– Vélemény?

– Jó.

– Bővebben… tudom; marha jó.

– Ez a tipikálás…

– Tipizálás… – szúrtam gyorsan közbe.

– Jó dolog. Megtaláltam a muttert meg a fatert is. Sokat röhögtem rajtuk.

– Miért pont?

– Mert nem csak velünk ilyenek, hanem egymással is pont úgy viselkednek, mintha… mintha egymás gyerekei lennének.

– Ne mondd!

– De. Ugye ez a kötődés szerint rakja őket csoportba, amit ez ír a „bizony-talan, am-bi-va-lens”-sekről – betűzgeti a tőlem kapott viharvert papírról. – Na, ilyen anyámmal a viszonyom, vagyis mindhármunké, amit meg a „zavarodott”-ról ír, olyan apámmal a kapcsolatunk. És anyám ugyanígy kapcsolódik apámhoz, és fordítva.

– Értem. És számít valamit, hogy ezt tudod?

– Nem tudom… de most már legalább nem rágok be, hanem röhögök rajtuk.

– Mondjuk, elfogadod őket olyannak, mint amilyenek?

– Eddig is elfogadtam őket.

– Akkor miért is kellett volna kinyírni őket?

– Mert dühítettek.

– És most?

– Nem tudom… olyan mintha nem én lennék velük, mintha a tévében nézném ezeket a marhákat – vigyorog kajánul.

– De végül is ezek közé a marhák közé tartozol… nem?

– Már nem – ingatja a fejét, gondolkozik. – Valahogy bölcsebbnek képzelem magam... ennek biztos nincs értelme. Olyan, mintha én lennék az ők szülei... látom a hibáikat, de nem akarom megváltoztatni őket. Azokból az idézetekből, amiket adtál, kiírtam ezt: „...Mert *birtokolni* akarunk! Ha még nem szereztük meg, azért, ha már a MIÉNK, akkor az elvesztésétől való FÉLELEMTŐL.” Ez jó, tetszett. Ha mondanak valamit, nem rugózok rajta... vagy megcsinálom, vagy megmondom, hogy miért nem. Még apám sem tud belém kötni.

– És nincs kiabálás, meg...

– Hirig? Velem nincs. Gáborral eddig sem kiabáltak, Jucsival csak nem foglalkoznak, így egymással szoktak ugatni.

– Jobban érzed magad?

– Mondjuk.

– Mikor lenne jobb, mint a „mondjuk”?

– Olyan sose lesz.

– Nagyon optimista vagy.

– Az mi?

– Aki mindig a legjobbra gondol, vagy a nehéz helyzetekben is a legjobbra törekszik, hisz abban, hogy jó és még jobb lesz.

– Szóval viccelődsz?

– Már szégyellem.

– Nem kell. Szoktam én olyasmikre gondolni, hogy lesz egy új, kafa autóm, meg egy bazi nagy házam, ahol csak én élek egyedül, esetleg egy-két tankom, pár harci repülő – szóval optimista vagyok.

– Oké, látom. Elhoztad a verset?

– Nem.

– Kár. Akkor most mivel töltjük hátra lévő időnket?

– Kellene a géped.

– Játszani akarsz?

– Nem. – Odaállt mögém.

– Tessék – húzódtam arrébb. Szokásos sebességgel klimpírozni kezdett, amíg elő nem bújt egy oldal, ahol rövid sorokban középre rendezett szavak sorjáztak egymás után.

– Ez az?

– Ühm – bólintott nagy komolyan.

Sötétség zárta körül a madarat,
Kalitkájába tolla csak egyre hullt,
Repülni akart innen tovább, míg tud,
Süssön rá egyszer még az aranyos nap.

Mind a többi csipkedte, visszahúzta,
De csőre egyre jobban élesedett,
Hófehér szárnyával vágott, verdesett,
Egyszerre napfény gyúlt fel az égen,
Most látta csak, kapuja régen nyitva.

Legalább kétszer olvastam el, mert időre volt szükségem. Igazán nem is tudtam volna előbb szóhoz jutni. Hogy kérdezzem meg tőle, hogy ki segített neki? A szóhasználat, a fordulatok, a kompozíció, a rímpárok, a szótagszámok(!)... hát ez nem rá vall. Egyszerűen hitetlenkedtem, és ezen nehezen tettem túl magamat. Letettem kicsibe a wordöt, és megnyitottam azt, amelyikbe írtam neki azt a húsz szót, amik felhasználásával, arra kértem, írjon egy verset. A szókészlet háromnegyedét felhasználta, a többi a sajátja. Volt köztük egy-kettő, amiről nem is gondoltam, hogy ismeri, nemhogy használja őket. Sikerült meglepnie.

Hát ezt írta?! És most lesz tizenhárom.

– A *nap* kétszer van. Tudod, az volt a szabály, hogy ezeket a szavakat csak egyszer használhatod. – hallottam egy elégedetlenkedő, érdes hangját. Megköszörültem a torkom.

– Írjam át?

– Mert most, itt, át tudnád?

– Gondolom.

Nem vitatkozott, hogy „de a másik az napfény, nem nap, így nem ugyanaz a szó", készségesen átírná újra. Hát persze, hogy nem akarom. Ez így van jól, sőt nagyon jól.

– És mennyi idő alatt írtad?

– Nem tudom... talán tíz perc.

– Ugye afelől ne legyen kétségem, hogy ismered az órát...

– Ja – mondta gyanútlanul.

– Mesélj, hogy történt?

– Elolvastam a szavakat, aztán elkezdtem összerakni őket fejben.

– Mikor?

– Hát, valamikor napközben... aztán amikor úgy volt, hogy kész van, leírtam.

– Számoltad a szótagokat.

– Minek?

– És a rímpárokat?

– Miket?

– Nem tanultatok a rímről?

– De. De, csak a párokat nem értem, meg hogy mit kell azon számolni?

– Igaz – láttam be –, minek azt. Mi tetszett ebben a feladatban?

– Nem tudom.

– Tudod, hogy nem elégszem meg, ha ennyit mondasz. Nem lenne egyszerűbb nem megvárni, hogy egy újabb kérdést tegyek fel?

– Hát... az tetszett, hogy van egy keret, és azon belül bármit tehetek... meg jó volt összerakni a szavakat valami értelmes mondatoknak.

– És közben mit éreztél?

– Semmit – mondta szenvtelenül, de elgondolkodva. Mutatóujját kétszer oda-vissza elhúzta az orra alatt. Esetleg az anyjától látta, esetleg ő sem mindig mond igazat?

– Ha éreztél volna valamit, az mi lett volna?

– Mondom, csak a szavakat raktam össze.

– Akkor véletlen, hogy ez a madár kicsit hasonló dolgokat él át, mint te?

– Biztos.

– Mit gondolsz, tudnál úgy verset írni, hogy te határozod meg a szavakat, és a témát is?

– Lehet, csak nem akarok.

– Mi a gond?

– Most mindennap verset kell írnom? – fakadt ki.

– Miért? Zavarna, hogy valami olyat csinálsz, amihez van tehetséged?

– Ha ezt a suliba' megtudják, kiröhögnek.

– Szerinted a többiek mindig vicces dolgokon röhögnek?

– Akkor is gáz.

– Nem kötelező, csak mintha az előbb azt mondtad volna, hogy tetszett.

– I-i-igen

– Szóval, rajtad áll... Egyébként a családban van valaki, akiről tudod, hogy írogat?

– Ne izélj már! Ha így lenne, biztos nem írtam volna egy sort sem.

– Azt mondtad, nem érdekelnek már, csak röhögsz rajtuk.

– Ja.

– Azt hittem, végre szabad vagy. Azt hittem, mikor verset írsz, te is ezt érzed. Ekkorát tévedtem volna?

Hallgatás... majd később, könnyedebb hangon, magához képest lágyan szólalt meg.

– Jó... megpróbálom.

Ők ketten

– Kapott már kölcsön gyereket?

– Jaj, azt csak úgy írtam, nagyon el voltam keseredve. Az ember kiteszi a lelkét ezért a két gyereké', ők meg olyan hálátlanok. – Vajon melyik kettőre gondol a háromból?

– Rá kellene jönnünk, hogy ezek a gyerekek hol rontották el a dolgot, de leginkább az Andris. Nem szeretik az anyjukat, aki feláldozza értük az életét. Mondhatni, belebetegszik, hogy a legjobbat adja nekik. Vagy nem a kultúrájuk része, hogy kimutassák az érzéseiket, esetleg nincs is érzésük? Vagy haragszanak a világra, mert nem érzik, hogy az befogadná őket? Az is lehet, hogy csak egyszerűen gonosznak születtek, nem? Csupa csacska kérdés. Mit gondol ezekről?

– Gyógyítsa meg őket, nagyon kérem, doktor úr! – vált nyöszörgőssé a hangja.

– Ismeri azt az autóst, aki szembemegy a forgalommal, közben majd' szétrobban, hogy ez a sok hülye nem veszi észre, hogy rosszfelé megy?

– Nem. Ez talán egy vicc?

– Szokott tükörbe nézni?

– Tudom, hogy én is hibás vagyok.

– Ez nagyszerű, ez egyenes út a gyógyuláshoz.

– Az a baj, hogy nem engedik, hogy szeressem őket. – Rohamos, szélsebes visszaesés; már megint más a hibás.

– Ön engedi a férjének?

– Mi nagyon szépen élünk.

– Milyen gyakran szeretkeznek? Vagy csak faj-fenntartanak? Hogy becézi a férjét? Ha hozzáér véletlenül, bocsánatot kér?

– Hogy kérdezhet ilyeneket?

– Tulajdonképpen teljességgel mindegy, hogy miket kérdezek, talán a nevén kívül egy őszinte válasza sem volt még. Az, hogy velem nem őszinte – megállapodásunk ellenére –, a kisebbik probléma. De a családja, akikért annyira aggódik, nem tudják tolerálni az őszintétlenségét, nem tudnak önben megbízni. Mondja meg, ön hagyná bárkinek, hogy szaros kézzel simogassa magát? Hogyan bízna meg abban az emberben?

– ... – Eltakarja az arcát, mintha el akarna bújni a világ elől.

– Miért nem szedi össze a titkait, és rakja ki az asztalra? Legyenek azok bármilyen régiek vagy szennyesek, vagy csak annak hiszi őket. Nem elég bűnbocsánatot kérni a templomban, mert az Úr nem ítélkezik! Ő megbocsát, de ön csak akkor nyer megbocsátást a családjától és önmagától, ha velük is rendezi a múltját. Itt az alkalom. Értse meg, nem ön a rossz, csak az útválasztása. Az a múlt, és megváltozhatatlan. Csak a jelen a miénk. Amíg a múlton rágódik és nem ide koncentrál, a jelenében ismét rossz döntéseket hoz.

Uff! Én beszéltem, mondta a néma indián.

Pont úgy sír, mint a fia.

Szeretem ezeket a várakozásokat és ezeket a beszédes (halk sírós) csendeket. Szinte látom magam előtt azt az ezerszeresre felgyorsított videót, amit most néz. Döntést kell hoznia; ha beavat, akkor elbúcsúzhat dédelgetett titkaitól. Tudja, ha kiadja őket egy harmadik személynek, azzal megöli őket. És akkor még ott van az a dilemma is, hogyan reagálok rá.

Nem irigylésre méltó a helyzete.

De pont azért, hogy ne törjem össze a kaleidoszkópját, most be kell fognom.

Egy-két percig szoktam hagyni „gyászolni" – némán, mozdulatlanul ülök. Utána finoman neszezek az asztalon; valamit közelebb húzok, olvasok valamit a gépen. Ez az a fázis, amikor azt kell látnia, hogy nyugodtan sírhat, ameddig akar, nem fogom zavarni, de nem mondhatom, hogy különösebben együtt-érzek. Ha még ez sem elég, hogy rendezze magát, elnézést kérve kimegyek és megnyugtatom, nyugodtan maradhat.

– Teccik tudni – szólalt meg, mielőtt kimentem volna –, régi dolgok ezek. Fiatalok voltunk. Az embert fiatalon hajtja a nagy érzés... könnyen tesz olyat, amit később megbán... az Andriskám annyira hasonlít hozzá! – És most kitört belőle a zokogás.

– Tudom.

– Mindennap őt kell látnom – mondja zokogva.

Elé toltam a papír zsebkendős dobozt.

– És ő... már nem él.

– Tudom – megyek át papagájba. – Ezért kell az Andrisnak is eltűnnie? – kérdeztem óvatosan. – Nincs más megoldás?

– De, megölhetném magam. – Már nem rázkódik, csak szipog, dolgoztatja a papír zsebkendőket. Még hogy nem a fia anyja?!

– Tehetné... de tudja, ez nem megoldás.

– Valóban. De nem szerethetem a fiamat úgy, mint őt.

– Úgy nem – hagytam rá –, szerintem azt nem is igényelné.

– És nem is mondhatom el senkinek...

– Gondolja?

– Nagy teher ez nekem. A gyerek még kicsi hozzá... – Mintha Csipkerózsika-álmából ébredne fel, hirtelen felkapja a fejét, szürke szemeivel először néz rám úgy, mint aki lát. – A doktor úr honnan tudja?

– Mit? Hogy az elhanyagolt ifjú feleség megtalálja az igazit? De nem lehetnek egymáséi, mert a sors – vagy valaki – az ifjút kivonja a forgalomból? Gondolja, hogy ezt csak én tudom? Attól, mert nem beszélnek róla, János pontosan tudja, mi történt. Mit gondol, miért hagyja magát így vegetálni, miért nem várja el, hogy gondos anya és szerető feleség legyen?

– Mert ő egy jó ember.

– Igen, egy jó ember, akinek lelkiismeret-furdalása van. Ezért olyan „nagyszerű" társak önök, mert mindketten büntetik magukat és őrzik a titkaikat.

– Azt mondja?

„Nem, a szomszédtól hallottam", türelmetlenkedtem magamban.

– Lívia! – szólítottam a harmadik találkozónkon először a nevén. – Ha nekem hasonló problémám lenne, mit tanácsolna, mit tegyek?

– Jaj! Hát ha azt én tudnám?!

– Tudja.

– Beszéljem meg a férjemmel? – suttogta olyan halkan, nehogy meghallják a félméteres falak, vagy a folyosón várakozó Andris. Bizony, jut eszembe, még őt is be kell hívnom.

– Jé – szemétkedtem vele. – Ez lenne a megoldás? – Ismét rám nézett, mosolyomat kutatva.

– És ha megöl?

– Eddig is megtehette volna... így legalább az önkezűség miatt nem jutna a pokolra – hecceltem némileg.

– Jó, de hogy lehet ennek nekikezdeni?

– Igen, ez jó kérdés. Amíg gondolkodik rajta, behívom Andrist.

– Jaj, ne tegyen már tönkre, nem láthat így! – csúszott ki a száján. Elkezdte a haját rendezgetni, szeme alját borogatni az amúgy is lucskos zsebkendővel. Milyen szerencse, hogy nem festi magát. – Minek ide Andriska?

– Hátha neki is mondana valamit.

– Én? Hát... mit mondjak... ő még kicsike.

– Már nem az. De először nem biztos, hogy mindent a nyakába kellene önteni.

– Félek.

– Ami elmúlt, attól minek? Ami meg lesz, azt meg nem ismerheti. Tehát?

– Hogy nézzek a szemébe?

– Lívia, ne fussuk már ezeket a felesleges köröket! Nem kell szólnia, nem kell néznie, takarja le magát azzal a pokróccal és majd azt hisszük, hogy ön a fotel. Kimegyek és behívom.

Lőn cselekedet.

Andris az ajtómtól vagy tíz méterre hanyagul hevert egy fotelban. Kezében valami könyvszerűvel.

– Szia. Mit olvasol?

– Á, semmit. A mutteré, itt hagyta kinn. Szia – tette még hozzá. Szokásos kézfogás.

– Megnézhetem? – kértem el tőle agresszív kommunikációval a könyvet, vagyis mikor a kezemben volt már, akkor kérdeztem. – Mennyei prófécia? Ez tök jó könyv. Neked hogy tetszik? Itt tartasz? – kérdeztem tőle egyszerre kettőt, hátha összezavarom.

– Ja, kicsit unatkoztam.

– Bejössz?

– Anyám is ott lesz?

– Lehet… esetleg fotelként. Zavarna?

– Eléggé.

– Mondd meg, hogy miről ne beszéljünk.

– Semmiről.

– Akkor csináljuk azt, amit először, hogy gépezel?

– Nem akarok bemenni.

– Andris, átvágtalak eddig egyszer is?

– Nem.

– Most sem lesz semmi probléma. Csak beszélgetünk. Ha valamiről nem akarsz, nem fogunk. De kell, hogy anyád tudja: változol. Már nem az vagy, aki egy hónappal ezelőtt.

– Ne beszélj a versekről! – figyelmeztet felnőttesen, közben kikecmereg a fotelből.

– Mi tetszik a könyvben?

– Vannak ezek az energiák, amiket a hegyek meg a fák nyomnak, és ettől az emberek jobbak lesznek.

– Na, elég sokat olvashattál.

Közben beértünk az irodába.

– Hova ülnél? – Az asztalommal szemben egy kényelmes, dönthető fotel és három szék van. A fotelt már lefoglalta egy majdnem pokróc, így a legtávolabbi széket választotta. – Lenne bármi, amit egymásnak mondanának? – kérdeztem derűsen.

Hallgatás. Lívia mozgolódik, sóhajt.

– Nekem fontos a családom, a gyerekeim.

– Kinek nem? – kérdeztem szokásos finomságommal. – Szerintem az a kérdés, a családjának miért fontos ön?

– Hát, azt nem tudom.

– Andris, mit gondolsz?

– Ez nem az én dolgom.

– Gondolod? – Testével kifordul, így anyjának nagyon előre kellene hajolnia, hogy lássa az arcát, de Lívia egyelőre ezzel nem erőlködik, szomorúan, szemeiben félelemmel ül. – Te miért vagy fontos a szüleidnek?

– Nem vagyok az – válaszol fagyosan a sarj.

– Jaj, hogy mondhatsz ilyet? – kérdezi anyuci inkább csalódottan, mint felháborodottan.

– Gondolom, úgy, hogy ezt érzi – válaszoltam nagyon okosan a kérdezett helyet. – De vajon miért? – fordultam mosolyogva a fiú felé.

– Mer' csak magukkal foglalkoznak.

– Jó ez a Nike csuka rajtad. Te vetted?

– Nem. Nem így értem – vette az adást.

– Lehet másképpen?

– Á, hagyjuk.

– Anyuka? Vélemény?

– Mindent megadunk nekik.

– Például?

– Hogy? Ja… a férjem úgy jár, mint egy koldus, de ha bármit kiejtenek a szájukon, megveszi nekik.

– Igen, de cserébe hallgatni kell téged meg a sirámaidat, hogy mit ne csináljunk, hogy tönkreteszünk, hogy minek is élsz te, hogy bárcsak meg sem születtünk volna…

– De hát én azt csak mérgemben mondom, nem gondolom komolyan. Tudod, mennyire szeretlek benneteket!?

– Tudod… – visszhangozza a gyerek, utánozva az anyja hangját. – Te tudod? – kérdezte most saját hangján, élesen.

– Ej, hát mit tudod te, mit éltem át miattad!

– Már megint magadról beszélsz! Mi közöm hozzá?! – kérdezte az utód kissé megemelve a hangját, majd felém fordulva. – Ugye, hogy csak magával tud foglalkozni?

Széttártam a kezem, a kérdés egyébként is költői.

– Andris, te mit tennél anyukád helyében? – kérdezem

– Mit érdekel engem? Ez csak magával foglalkozik, nem holtmindegy, hogy mit mondunk?!

– Hátha…

Lívia meg akart szólalni, de szememmel leintettem: nálam sem mindig működik a szólásszabadság.

– Nem tudom… a Kisjucsival egyáltalán nem foglalkozik, fogalma sincs róla, mikor álmos, mikor éhes, vagy mikor szaros. A szeretet nem az, mikor foglalkozunk a másikkal? Nem kérdezgetjük állandóan, hanem figyelünk rá, és megpróbáljuk kitalálni, hogy mi baja lehet? Én ezért tudom, hogy a KisJucsinak mi a franc kell éppen.

– Értem. Ha ebben ilyen gyakorlatot szereztél, akkor esetleg azt is tudod, hogy anyukádnak mi baja lehet? – Persze Lívia ismét meg akart szólalni, most már a mutatóujjamat is meg kellett emelnem; hová süllyed ez a világ?!

– Nem az én dolgom.

– Szóval nem figyelsz rá?

– Dehogynem, az Andriskám olyan figyelmes, őrá lehet a KisJucsit a legjobban rábízni. – Idáig sikerült megfékezni. Ez a beszólása annyira hiányzott, mit egy falat kenyér… a megelőző két kiló után. Levegőnek nézve folytattam.

– Nem figyelsz rá, mert ő sem terád.

– Hát… valahogy így.

– Andris, nálad vannak az idézetek?

– Ühm.

– Felolvasnád azt a Laing-idézetet a boldogságról?

Szütyőjéből előhalássza a használt csomagolópapír jellegű oldalakat, válogat közöttük, majd a megtaláltba beleolvas – biztos akar lenni a dolgában.

– „A BOLDOGSÁGOT nem kell megszerezned, mert az ember természetes állapota a harmónia, egyensúly, boldogság. A boldogtalanság csak addig tart, amíg függünk valakitől vagy valamitől.”

– Andris, most boldognak érzed magad?

– Néha… kicsit könnyebbnek.

– Miért?

– Talán mert nem függök már tőlük? – Sem kijelentésnek, sem igazán kérdésként nem hangzott. Ez zsákutca. A gyerek egyre inkább úgy válaszolgat, mintha osztályfőnöki órán lenne. Eddigi válaszai őszinték voltak, most egyre inkább megfelelni akar.

– Lívia, ön kitől függ?

– Tőlük. – Egyszerűen megszokhatatlanok ezek az együgyű, még mindig valamit leplezni kívánó válaszai.

– Elmondaná, hogy ezt az idézetet hogyan értelmezi?

– Akit szeretünk, attól függünk… – a fiú feszeng székébe, de nem szól, lélekben már a plafont kaparja –, és ez adja a boldogságot – fejezi be anyuka az esz(e)me(nt)futtatását.

– Akkor ön most boldog?

– Ha velük lehetek, mindig. – A gyereknek a lelke már nem csak kaparja a plafont, de tartania is kell, hogy ránk ne zuhanjon.

– Elmagyaráznád anyukádnak ezt a dolgot a boldogságról?

– Én? Neki? Úgysem értené meg!

– Hátha.

Fejét csóválgatva kezd neki.

– Mindenki normálisnak születik, aztán elkezd függeni a többi embertől. Ezek kihasználják azt, hogy a gyerek szereti őket, és elkezdenek uralkodni rajta, ami meg már olyan, mintha a sitten üldögélne. Emiatt nem tud boldog lenni.

– Érti, Lívia? Érti, hogy mit mond a fia?

– Értem… azt hiszem.

– Akar valamit hozzátenni? – szólalt meg a bírósági tárgyalások népi álnoka (szó szerinti magyar fordításban: ülnöke).

– Persze, értem én… de én csak… így tudok szeretni.

– Hogyan próbált rajta változtatni?

– Nem próbáltam.

– Aki áll, az lemarad. Lehet, hogy így pont azt veszti el, ami a legfontosabb önnek?

A válaszláda mára már bezárult. Görnyedten ül, nedves szemekkel bámulja maga előtt a semmit, úgy tűnik, az eltelt egy órában kiválóan haladt a „hogyan öregedjünk meg gyorsan?” projektben. Igazán büszke lehettem magamra, igen ügyesen csináltuk így ketten a fiával: sikerült porig aláznunk.

– Andris, megkérhetlek, hogy kimenj még egypár pillanatra?

– Várjak még tovább?

– Persze, szeretnék veled is beszélni, külön.

Andris balra el.

Megkerültem az asztalt, elé guggoltam. Megfogtam a kezét, nem húzta el. Kézfeje feszes, száraz, ujjai és tenyere nedvesen ragadt az én ujjaimhoz.

– Még egyszer mondom: nem ön a hibás, csak rossz döntéseket hozott! De ezért nem büntetheti magát egész életében, és azokat sem, akiket szeret! Az élet attól különös és megismételhetetlen, hogy megvan a szabadsága bármikor változtatni. A változás pedig önmagában az élet – kerestem a tekintetét, majd az utolsó mondatomnál rám nézett, és most ismét tudtam, hogy engem lát. – Teccccik tudni? – mosolyogtam rá.

– Mit tegyek? – Végre egy értelmes kérdés.

– Amit Andris. Vegyen róla példát, és legyen büszke rá, mert egy csodálatos kiskrapek.

– Miért? Ő mit csinál?

– Nem hagyja magát megnyomorítani, élni akar, és továbblépni. Van mersze változtatni.

– Igen?!

– Észre sem veszi, hogy mekkorát változott az utóbbi hónapban? Néz jobbra lefelé, jól megdolgoztatja vizuális memóriáját.

– Talán kevesebbet gépezik... – mondja bizonytalanul.

– Talán – hagytam rá. – Egyébként, mit adott önnek a mai találkozónk?

– Keserűséget... rá kellett jönnöm, hogy én vagyok a rossz. – Uhh, anyám, borogass!

– És még? – kérdeztem még nyugodtan.

– Hogy valamit változtatnom kell... és beszélnem kell Jánossal.

– Min fog változtatni? – Az ember reflexből kérdez, de amikor befejeztem, már tudtam: nem lett volna szabad, talán kevesebb hajhagymám ment volna el nyugdíjba.

– Jobban fogom szeretni őket.

– Jobban?

– Hát... jobban figyelek rájuk.

– Ez szimpatikusnak tűnik. Szerintem fog ez menni, csak bátran, nincs mit félnie a változástól, fogja fel úgy, mint egy izgalmas játékot.

– Igen, egyre inkább én is így gondolom. – Ja, unja már a cseszegetést.

– Ha megengedi, így búcsúzásként felolvasnék egy verset egy kiváló, de nagyon ifjú költőtől. – Meglepetten felkapja a fejét. – Nem szereti a verseket?

– De... fiatal koromban... én is...

– Talán írt verseket?

– Hát... olyasmiket... de ezt csak egy embert tudta.

– Szóval...

Ha az éjszaka fagya lerágja a húsom is,
Reszketve, dideregve őrzöm kicsiny pillangóm.
Mikor majd az ezüst nap pirkadatkor ránk ragyog,
Útjára segítsem, Ő legyen a hírnököm itt.

Élünk még jó páran a kusza töviserdőben,
Kik harcolunk értük, óvjuk testüket naptól, hótól,
Egy új világban talán nekik sikerülni fog
Hinni benned, bennem, a szerencsétlen emberben.

Most nem takarta el az arcát, egyenes derékkal ült, szinte sziklaszilárdan, dúsan termelődő könnyeit rábízta a gravitációra.

Prológ

Néha az ember minden józan megfontolása ellenére elvállal olyan munkát is, amit, mikor még el sem kezdett, már tudja, hogy kár volt. Szájon át gyógyszert adni csak annak lehet, akinek van még némi működő nyelőcsöve. Ha az agyi nyelőcsöve hiányzik, hol és hogyan tuszkolhatná bárki is belé azokat a flesseket, amik később önálló életet kezdenek benne élni, és ettől egyszer csak megváltozik körülötte a világ.

Talán emlékszel rá, amikor azon agyaltam, hogy mi dolgom lehet Líviával? Ki küldte hozzám? Persze fizikálisan Péter, de kozmikusan ki, és miért?

Nem hagyott nyugodni a dolog, elkezdtem nyomozni bennem.

Aztán ráakadtam.

Hogyan lehet úgy szeretni valakit, hogy közben azt kívánod, bárcsak ne lenne? És akinek ilyen az alapvető érzelmi attitűdje, mi a mozgatórugója? Érzelmi ambivalencia többnyire akkor lép fel, ha a társadalom kiközösít, vagy önmagad disszociálódsz. A társdalom által beépített filterek torzítanak, mert félelem vagy egyéb negatív érzelem korlátozza a befogadást. Úgy gondolod, bármihez érsz, szerencsétlenül sül el minden. Haragszol a világra, mert az elképzelhetetlen, hogy te legyél ilyen béna. Előbb-utóbb mániás depresszió jelei mutatkoznak rajtad. Nagyon szeretsz (hogy téged szeressenek, vagy csak ne bántsanak), és egyszerre nagyon utálsz mindenkit, mert bennük manifesztálódik a te kegyetlenül elcseszett sorsod. Védekezési mechanizmusod egyszerű: ki kell alakítani a külvilágnak szóló, látszólagos fegyelmet. Le kell raknod a sarokköveket, mert különben elveszel. Lehet, hogy hegyekben áll a mosogatni való és nincs egy üres helyed, ahová le tudnál ülni, de percre pontosan jársz a munkahelyedre, ráadásul pedánsan, szilárdan kitartasz elveid mellett. Nem vagy hajlandó befogadni vagy elfogadni semmi újat. Apróságokon vagy képes vitatkozni, kitartani a végsőkig, semmitmondó dolgokban is. És ami szép: élvezed, ha „fegyelmezett" viselkedésed másnak fájdalmat okoz.

Kertes házban laktunk nagyszüleimmel. A veteményes kert nagy kincsnek számított, mert a megtermelt javakat a kapuban el tudtuk adni a gyárba járó dolgozóknak.

De legalább ekkora kincs volt a bőrfoci is, mert kevés gyereknek vettek a szülei igazi dönit. Álló nap az utcán gömbölyítettük a labdát; előfordult, hogy nagyanyám minden figyelmeztetése ellenére az a nyomott (mert nem beszélte a magyart) bepattant a kertjébe. Csak sok-sok könyörgés után adta ki, néha csak napok múlva. Ez csak a gumilabdára vonatkozott, a bőrfocira más szabályt talált ki; ha bepattan, késsel kiszúrja. Nagy óvatosságunk ellenére természetesen a labda letarolta a Juliska babot. A kapu zárva volt, mire áthatoltam rajta, ő már kezében a lasztival gonosz boszorkányosan húzott befelé a késért. Esélyem sem volt rá, hogy megelőzzem, mert ott ült a verandán leskelődve, hogy mikor indíthatja be az akciót. A kerítésen túli kánon és én is igyekezett jobb belátásra bírni, de ne várj semmi fordulatot: egy perc múlva jött ki a konyhából a fittyedt bőrrel.

Apám, este mikor hazajött, megkérdezte, hogy biztosan nem volt más megoldás? Nem! Meg kell tanulniuk a rendet – jött a kézenfekvő válasz. De vasárnap a templomban meggyónta az egész heti gonoszságait. Hát hosszú gyónásai voltak, az biztos, de a papnak angyali türelme volt.

Ez akadt meg bennem. Ezért nem tudtam azt mondani Líviának, hogy nem tudok segíteni, forduljon máshoz.

Akár a nagyanyám is lehetett volna.

UTÓSZÓ

A könyv számomra mindig a tudás *selyme* volt. Olyan lepel, ami a zord, külső-hideg környezettől megóvott, betakart, de elegáns öltözék is, hagyott csalfán megmutatni magából ezt-azt, de az *intim* részeit eltakarta. Méghozzá nem is akárhogy.

A könyveknek egyedi alakja, teste, neme, illata, íze és élete van, mindegyiknek saját története.

A könyvek, függetlenül tartalmuktól és értelmezésüktől, *szentek.*

Mert bennük a gondolat *igévé* lett.

A gondolat – teremtő hatalom.

Az információ (is) hatalom – volt a nyolcvanas évek jelszava.

Ennek megfelelően ma már ömlik, dől befelé az ajtón, ablakon és a kéményen. Árvízként lepi el a *tudás* házát, mint valami iszapos massza, tölti meg a szobákat, dugaszolja be a füleket, és ragasztja össze a szemeket, mentális vakságot okozva. Átgázol és belepi a kultúremberek meseszép, illatos szóvirágait, mindezt olyan gyorsan, hogy lehetetlen illendően elhantolni őket.

Ha lehetne válogatni?!

De szabad világ szabad gyermekeként *önként* nyeljük a bűzös pocsolyát, míg magunk is sárgólemmé nem válunk.

A választás nem kiváltság, hanem esély a túlélésre; lehetőség, hogy megtarthassuk *ép eszünket.*

„Ha őszinte akarok lenni, elsősorban nem mások szórakoztatása vitt rá az írásra. Nem is a világ megváltása. Lelki higiénia inkább. Persze azért nem ártatlan törekvés ez. És nem is annyira személyes ügy, mint amilyennek igyekszik feltüntetni magát. Hiszen ez a higiénia épp azáltal valósul meg, hogy másokkal megosztom...

... Talán az eddigiekből is világos, hogy az irodalom (a művészet általában) minden lehet, csak tételes nem. Az író mindig a tételesség mögé szeretne belátni. Így akarva-akaratlan »romantikus« lesz, mert sosem gyakorlatias, amit ajánl: a köznapi beláthatóság és elviselhetőség határain túlra feszíti sodronyait. És még a »legrealistább«, a »legobjektívabb« mű is ezt kénytelen tenni, ha nem elégszik meg a felülettel, hanem az összefüggések is érdeklik…”

Mészöly Miklós: A mesterségről

A szerző

A szerző Budapesten született, civil tevékenysége részeként több, mint tíz éve külföldön dolgozik. Nős. Pályaválasztásában az érdeklődési körébe tartozó ismereteken és készségeken (grafológia, kineziológia, pszichológia, egészségfejlesztés, olvasás, szépírás, festés, tenisz) kívül, a segítségnyújtási szándék vezérelte, így élete során a legtöbb tevékenysége ehhez a vonalhoz tartozott.

A kiadó

*Aki feladja,
hogy jobbá váljon,
feladta,
hogy jobb legyen!*

E mottó alapján a novum publishing kiadó célja
az új kéziratok felkutatása, megjelentetése,
és szerzőik hosszútávú segítése. Az 1997-ben
alapított, többszörösen kitüntetett kiadó az egyik
legjelentősebb, újdonsült szerzőkre specializálódott
kiadónak számít többek között Ausztriában,
Németországban és Svájcban.

**Valamennyi új kézirat rövid időn belül egy
ingyenes, kötelezettségek nélküli kiadói
véleményezésen esik át.**

További információkat a kiadóról és
a könyvekről az alábbi oldalon talál:

www.novumpublishing.hu